荒野呼啸
艾米莉·勃朗特诗选

The Moors Are Roaring
Selected Poems of Emily Brontë

[英] 艾米莉·勃朗特　著

凌越　梁嘉莹　译

北京联合出版公司
Beijing United Publishing Co.,Ltd.

雅众文化　出品

目 录

辑三   我扭头仰望天空

辑一　致想象

信念与沮丧

冬天的风吵闹又狂野，

请靠近我，我亲爱的孩子；

丢下你的书和无人做伴的游戏；

然后，当夜色渐浓，

我们将以交谈打发这阴郁的时刻；——

　　"艾琳[1]，围绕着我们受庇护的大厅

十一月的狂风无人理会；

没有一丝微弱的气息能进入这里

足以去吹拂我女儿的头发，

而我高兴地看到那火焰

在她的眼睛里闪烁，带着火焰般的光芒；

去感受她的脸被如此柔软地紧贴

在我的胸膛上，在幸福的安宁中。

　　"但是，甚至这静谧仍

1　艾琳，古希腊神话里的和平女神。

带给我痛苦、不安的思想；

而在红色火焰令人愉悦的光亮中，

我想起幽深的峡谷，被冰雪封冻；

我梦见荒野和薄雾弥漫的山岭，

那里的夜晚锁闭着黑暗和寒冷；

因为，在冰冷的山壑间孤单地

躺着那些我爱过的人们。

而我的心灵阵痛，在无望的痛苦中

因为徒劳的抱怨而极度疲倦，

我将永远不会再回想起他们！"

"父亲，在襁褓中，

当你仍在遥远的大洋彼岸，

这些思绪暴君般控制了我！

我常常坐着，一连几个小时，

度过那狂风暴雨的漫漫长夜，

在枕上抬起头，去窥探

昏暗的月亮在空中挣扎；

或者竖起耳朵，倾听

岩石和波浪，波浪和岩石的撞击声；

我如此惧怕独守黑夜，

并且因为专注聆听，从未睡着。

但这个世界的生活有太多东西令人恐惧，
不仅如此，我的父亲，还要与死者相伴。

　　"噢！不要为了他们，我们才绝望，
坟墓是凄凉的，但他们不在那儿；
他们的骨灰和泥土混杂在一起，
他们快乐的灵魂已归于上帝！
你告诉我这个，而你却叹息，
并喃喃低语着你的朋友们必定死去。
啊！我亲爱的父亲，告诉我为什么？
因为，如果你以前的话语是真的，
这样的伤悲将是多么无用；
好像明智地哀悼那颗不被察觉地
生长在树上的种子，
因为它掉进丰饶的大地，
然后萌生出一个辉煌的诞生——
深深扎下它的根，然后高高挺起
它翠绿的枝干，在微风习习的天空中。

　　"但是，我不会害怕，我不会
为那些在长眠中休憩的躯体哭泣，——
我知道有一个神佑的彼岸，

敞开它的港口，为了我和我的一切；
在时间广阔的水面上凝视，

　　我厌倦了那神圣的土地，
在此我们出生，在此你和我
将见到我们的挚爱，当我们死去的时候；
从苦难和腐烂中获得自由，
回归造物主。"

　　"你说得很好，可爱、诚实的孩子！
　　比你的祖辈更聪慧；
而现世之暴风雨，疯狂肆虐，
　　将增强你的渴望——
你虔诚的希望，穿越风暴和浪花，
　　穿越风与海洋的咆哮，
会最终抵达永恒的家，
　　那坚定的亘古不变的彼岸！"

1844 年 11 月 6 日

群星

啊！为什么当耀眼的太阳
　　复苏我们地球的欢乐，
你们都已离开，每一颗星，
　　然后留下荒凉的天空？

整个夜晚，你们灿亮的眼睛
　　深情地向我的眼睛凝视，
然后带着满心的欣慰感叹，
　　我祈神护佑那注视的圣灵。

我在安宁中畅饮你的光辉
　　犹如它们是我的生命；
陶醉于我变幻的梦境中，
　　像大海上的海燕。

思想紧随思想，星星紧随星星，
　　穿越无边无际的区域，前进；
当一种甜蜜的影响，既远又近，

震颤穿越，证明我们是一体！

为什么清晨黎明的破晓
　　如此壮观，如此纯洁，一个咒语；
用火焰烤灼，那恬静的脸颊，
　　你们冷酷的光芒倾落的地方？

血一般猩红，他升起，然后，箭一般笔直，
　　他的猛烈光柱撞击我的额头；
自然之魂，跳跃，欢欣，
　　但我却完全陷入悲伤和消沉！

我的眼睑紧闭，仍透过它们的遮掩，
　　我看见他，依然燃烧着。
在金色笼罩中耸立，薄雾缭绕的山谷，
　　又在丘陵之上闪耀着。

我重新卧倒在枕上，然后，
　　召唤回夜，看见
你庄严之光的世界，再一次，
　　震颤我的心，和我！

我不能动弹——枕头焕发光亮，

　　照亮屋顶与地板；

而鸟儿在树林里放声歌唱，

　　清新的风摇晃着门扇；

窗帘起伏，那些被唤醒的苍蝇

　　嗡嗡嗡地绕着我的房间，

被囚禁在那儿，直到我起身，

　　驱赶它们离开去游荡。

噢，星星，梦想，温柔的夜；

　　噢，夜和星星返回！

并用敌意的光将我隐藏，

　　那不是温暖，而是燃烧的光；

那枯竭了受苦之人血液的光；

　　啜饮眼泪，取代甘露；

让我在他的盲目统治下沉睡，

　　只在和你一起时醒来！

　　　　　　　　　　1845 年 4 月 14 日

哲学家

"想得够多了，哲学家！

　　　你愚昧无知地做梦

已经太久，在这间阴郁的卧室中，

　　　当夏日的太阳光芒四射！

席卷宇宙的灵魂，悲伤的叠句

将再一次总结你的冥想？

　　　"'噢，为了那个时候，当我忘我

　　地睡个痛快，

　　　不再关心雨下得多么滂沱，

　　　或雪可能覆盖了我！

　　　没有应许之天堂，这些狂野的欲望，

　　　可以全部，或一半得到满足；

　　　没有恐吓之地狱，用永不熄灭的火焰，

　　　征服这永不熄灭的意志！'"

"我曾这样说过，还将说同样的话；

　　　一直，直到我死去，将会说——

三个神，在这小小躯体里，

　　　　正日以继夜地交战；

天堂不能全部容纳他们，然而

　　　　他们全部容纳在我之内；

必定成为我的一部分，直到我忘记

　　　　我现在的实体！

噢，为了那个时刻，当他们的挣扎

　　　　在我的胸膛中即将结束的时候！

噢，为了那天，当我将安息，

　　　　不再遭受更多折磨的时候！"

"我看见一个幽灵，站着的人，

　　　　在你也站立过的地方——一小时前，

围绕他的双脚三条河奔流，

　　　　深度相同，流量也相同——

一条金色的溪流——一条像血河；

　　　　还有一条看起来就像蓝宝石；

但是，在它们汇合它们三重洪流的地方

　　　　它翻滚跌入一片墨黑的海。

那幽灵发出他耀眼炫目的凝视

　　　　往下穿透海洋幽暗阴沉的夜晚

然后，用突然的熊熊烈火点燃一切，

那快乐的深海宽广又明亮地闪耀着——
洁白如太阳，远远
　　　比它分岔的源头更加美丽壮观！"

"而即便为了那幽灵，先知，
　　　我已用我的一生去观察和搜寻；
搜寻他，在天堂、地狱、大地和空气中——
　　　一个无尽的寻索，总是弄错！
我只看见他光辉灿烂之眼
　　　点亮过令我迷失疯狂的云，
我从未发出过这懦夫的哭喊
　　　去终止思考，终止生存；
我从未说被遗忘是神佑的，
　　　也没有向死亡伸出渴望的双手，
恳求去改变，为了毫无意义的安息
　　　这有知觉的灵魂，这有生命的呼吸——
噢，让我死——那力量和意志
　　　它们的残酷斗争也许结束；
被征服的善，被征服的恶
　　　将迷失在安息中！"

　　　　　　　　　　　　　1845 年 2 月 3 日

回忆

大地冰冷——厚厚的雪堆积在你身上，
遥远地，遥远地，你远离人世，寒冷地待在阴沉的坟墓中！
当你最终被吞噬一切的时间的潮水所隔绝，
我唯一的爱，我何曾忘了爱你？

现在当我孤身一人，我的思念难道不再盘旋
在群峰之上，在北方的海滩上，
它们的翅膀歇息着，在那个石楠和蕨类植物叶子永远
覆盖你高贵的心的地方？

大地冰冷——而十五个荒凉的十二月，
在那褐色的山岭上已融化成春天：
在经历了这么多年的变迁和折磨后，
回忆的精神确然忠贞不渝！

青春甜蜜之爱，原谅我，如果我忘了你，
当尘世的潮流正携着我一起前进；
其他欲望和其他希望围攻我，
那些会遮掩你，却不会对你不公的希望！

没有迟来的光照耀我的天堂，
没有第二个黎明把我照亮；
我生命中所有喜悦都来自你可爱生命的给予，
我生命中所有喜悦都已和你一起埋葬。

但是，当金色梦想的日子已逝，
即使绝望也无力去破坏，
然后我才知道存在是如何被珍惜，
强化和滋养，并没有欢乐的关怀。

于是我才检查那无用激情的泪水——
我年轻的灵魂从追随你的渴望中解脱；
竭力克制它急切地想赶紧
下到那个墓穴的愿望，已经比我自己的更甚。

即便如此，我不敢听任自己憔悴，
不敢沉溺于回忆的痛楚和狂喜；
一旦在那最神圣的痛苦中深深沉醉，
我怎能再忍受这空虚的人世？

1845 年 3 月 3 日

一个死亡场景

"噢天啊！他不能死
当你这么明媚艳丽！
噢太阳，在如此光辉的天空中，
如此安宁地下降；

"现在他不能离开你，
当清新的西风吹拂着，
在他青春的眉宇四周
你欢快的光正焕发！

"爱德华，醒来，醒来——
金色的黄昏闪烁着
雅顿湖上的温暖和光彩——
把你从梦中唤醒！

"我正跪在你身旁，
我最亲爱的朋友！我祈求
你，去跨越那无边的大海，

但愿只耽搁一个钟头：

"我听见它的翻滚怒吼——
我看见它们白浪滔天；
我极目远眺
却没有瞥见过一处远方的海岸。

"不要相信他们鼓吹什么
群岛另一边的伊甸园；
转身回来，从汹涌澎湃的波涛，
回到你自己的故乡。

"这不是死亡，而是痛苦
在你心头挣扎着的痛苦——
不，振作起来，爱德华，再次醒来；
我不能让你安息！"

一个长长的注视，那种痛责备着我
为了我不能承受的悲哀——
一个无声痛苦的注视打动了我
去忏悔那无用的祈祷：

我竭力抑制，心烦意乱

的汹涌心潮消失了；

没任何进一步的悲痛迹象

搅动我的心，在那可怕的日子。

黯淡，最终，甜蜜的夕阳渐渐落下；

沉入暮色微风的宁静中：

夏日露珠柔和地坠落，湿润着

山谷，林中空地和寂静的树林。

他的双眼开始疲倦，

重压下一个宿命的睡眠；

他的目光变得异常阴沉，

阴郁得像要哭泣一般。

但他没有哭泣，眼睛也没有改变，

从未移动，从未合上；

仍忧虑不安，依然没有扫视——

没有游离，也没有安息！

因此我知道他即将死去——

他无精打采的头垂下又抬起；

感觉不到呼吸，听不见任何叹息，

因此我知道他死了。

1844 年 12 月 2 日

歌

岩石山谷中的红雀，
　　荒野上空的云雀，
欧石楠喇叭花朵间的蜜蜂，
　　隐藏着我的爱人：

野鹿在她的胸脯上吃草；
　　野雀在孵蛋；
而它们，她的爱之轻抚般的微笑，
　　已遗忘了她的孤独！

我料想，当坟墓阴暗的墙壁
　　首先保留她的形状，
他们以为他们的心永远不能再次召回
　　欢乐之光。

他们以为悲伤的潮水将涌动
　　在未来岁月中不受控制，
但现在他们所有的痛苦在哪里，

他们所有的泪水在哪里？

好吧，让他们为荣誉而战，
　　或去追逐欢愉之影——
那死亡大地上的栖居者
　　也在改变着，毫不在意。

然后，如果他们的眼睛看着她
　　直到哀伤的泪泉干涸，
她将不会在她恬静的安睡中，
　　回报一声悲叹！

吹吧，西风，在这孤独的坟堆边，
　　夏日溪流，水声潺潺——
不需要其他声音
　　抚慰我爱人的梦。

1844 年 5 月 1 日

期待

这大地对于你仍是，

这么美——多满足的幸福！

真正的厄运微乎其微，

而不幸的幻觉也是不真实的！

春天如何能带给你荣耀，

夏天使你们忘记

十二月郁郁寡欢的时光！

为什么你牢牢抓紧这些青春的

快乐的珍宝，当青春已逝，

　　　　你也已临近盛年？

当那些你自己的同辈，

财富和年龄与你相当的伙伴，

眼看着他们的早晨融化在泪水中，

　　　化作阴云密布，没有笑容的日子；

上帝保佑，但愿他们未经考验，年轻时就死去，

在他们的心恍惚不定酿成大错之前，

可怜的奴隶，被强烈的激情所驱使，

一个软弱无助的受害者！

"因为，当他们享受时，我满怀希望，
然后，由于满足，希望被摧毁；
犹如孩子们的希望，满怀信任的心扉，
我等待赐福——珍爱休息。
很快，一个有思想的灵魂教导我，
我们必须渴望，直到生命完结；
尘世快乐的每一个阶段
总会褪去，总是令人腻烦：

"我预见到这些——因而不去追逐
　　频频发生的背信弃义；
却以坚定的步伐和恬静的脸庞，
从那诱人的竞赛中退缩回来，
越过波涛冲刷的沙滩凝视，
　　直到那旷日持久的大海——
在那里掷出我的欲望之锚
落在深深的未知的永恒中；
也从未让我的灵魂疲惫，
由于期盼未来会变成什么！

"这是希望经美化的魅力，

大自然的万千奥秘，

无论可怕或是美丽，

　　在像我这般成熟的人眼中，都亮如青春——

希望抚慰我，在我了解的悲伤中；

为了别人的不幸她抚慰我的痛苦，

令我坚强起来去承受

　　我生来要去忍受的东西。

　　"愉悦的慰藉者！我将不再勇敢吗，

难道不害怕坟墓的黑暗阴森？

不，我将微笑倾听死亡狂乱的咆哮——

　　我的向导，因为有你的支持。

现在的命运看起来越不公平，

我的灵魂就越是欢欣振奋，

就越强大，用你的力量，去期待

　　命运的报偿！"

1845 年 6 月 2 日

囚徒（一个片段）

在教堂的地牢中，我漫无目的地徘徊，
鲁莽地浪费生命；
"抽开沉重的门闩！打开，严厉的看守！"
他不敢跟我说不——那铰链尖厉转动。

"我们的客人被秘密羁押，"我低语着，凝神穿越
拱形地窖，锐利的眼睛显示天空中灰色比蓝色更多；
（这时欢快的春天在觉醒的骄傲中笑着；）
"是，秘密羁押足够了！"回应我愠怒的引导。

然后，上帝宽恕我的年轻；宽恕我轻率的话语；
当冰冷的铁链在潮湿的石板上回响时，我嘲弄说：
"禁闭于三重墙内，你如此恐惧，
以致我们必须把你捆住，给你戴上脚镣拴在这里？"

那俘虏抬起她的脸；它柔软、温和
犹如大理石圣徒雕像，或沉睡的未断奶的孩子；
它如此柔软、温和，如此甜蜜、贤淑，

没有一丝痛苦的痕迹，也没有一丝悲伤的阴影！

那俘虏抬起她的手，把它按在她的眉头；
　"我曾被拷打，"她说，"我现在在受苦；
然而这些没什么用，你的门闩和镣铐虽紧固；
虽然是钢铁铸造，它们不能长久控制我。"

阴森的狱卒沙哑地大笑："我愿意听吗；
你以为，痴情、做梦的可怜虫，我会成全你们的祈祷？
或更进一步，用呻吟融化我主人的心？
啊！太阳也许会很快晒化这些大理石。

　"我主人的声音很轻，他的外表和蔼可亲，
但潜藏在背后的灵魂却如同最坚硬的燧石；
我粗鲁无礼，然而还没表现得更粗暴
对比那居于我体内的隐蔽幽灵。"

她的嘴唇泛起轻蔑的微笑，
　"我的朋友，"她和婉地说，"你没有听见我哀悼；
当你，我的亲人活着时，我失去的生命，可以挽回，
然后我本可哭泣和控诉——之前却从来没有，朋友！

"仍然，让我的暴君知道，我并不是注定要年复一年
披戴忧郁，披戴孤独凄凉的绝望；
一个希望的信使每天晚上都来到我身边，
为了提供短暂的生命，永恒的自由。

"他到来，与西风一起，与夜晚游荡的空气一起，
与带来稠密繁星的天空一起，与晴朗的黄昏一起。
风带着忧郁的调子，繁星，一把温柔之火，
幻象升起，变幻，用渴望将我杀死。

"在我成熟的岁月里，什么都不渴求，
当喜悦因敬畏变得疯狂，在清算未来的泪水时。
当，如果我灵魂的天空充满闪亮的温暖，
我不知道它们从何处来，从太阳还是暴风雨中。

"但首先，一片安详的寂静—— 一种无声的冷静降临；
那痛苦的挣扎，激烈的烦躁不安终结；
无声的音乐抚慰我的心——说不出的和谐，
我永远不会做梦，直到对于我，大地消失了。

"然后那隐形的开始出现；无视它真实的披露；
我的外在知觉消逝，我的内在感受着：

它的双翼几乎是自由的——它的家，它的港口被发现，
度量着鸿沟，它俯身，勇敢地做最后一跃，

"噢，痛苦至极的是监视——加剧那不堪的痛苦——
当耳朵开始倾听，眼睛开始看见；
脉搏开始律动，大脑再次思考；
灵魂感觉肉体，肉体感觉那锁链。

"然而我不愿失去任何刺痛，不愿减少任何折磨；
痛苦煎熬得越厉害，上帝将更早地佑护；
披上地狱之火的长袍，或以天堂的光芒闪耀，
如果它仅仅是死亡的预兆，那景象是神圣的！"

她停止说话，我们也不再回复，转身离去——
我们再没有更多力量去制造这被俘虏的痛苦：
她的脸，她闪烁的眼睛，表明这人被给予
一个判决，但未经上天认可，被上天驳回。

1845 年 10 月 9 日

希望

希望不过是一个胆怯的朋友；
　　她坐在没有格栅的囚室外，
窥伺我的命运将趋向何方，
　　摆出一副自私无情的神态。

她因恐惧而变得残忍；
　　一个枯燥阴郁的日子，透过长条栅栏，
我向外看见她在那儿，
　　然而她别过她的脸！

像一个冒充的看守，假装在监视，
　　在争吵中，她仍然平和地低语；
她会在我哭泣时歌唱；
　　如果我倾听，她会噤声。

她是虚伪的，冷酷无情；
　　当我最后的喜悦粉碎撒落地面；
甚至悲伤看见，也忏悔着，

四处散落着可悲的遗物。

希望，她的低语将慰藉
　　我所有疯狂的痛苦，
张开她的双翼，骤然升向天堂，
　　离去，永远不再返回！

　　　　　　　1843 年 12 月 18 日

白日梦

阳光照耀的陡坡上，我独自躺着
　　　一个夏日的下午；
这是五月的婚礼时光
　　　和她年轻的爱人，六月。

从她母亲的内心，似乎不愿离开
　　　那个女王般的妩媚新娘，
但她的父亲微笑看着那个最美丽的孩子
　　　他曾宠爱地抱在怀中。

树林摇动它们羽毛装饰的波涛，
　　　那些高兴的鸟儿啼啭清脆；
在所有婚礼的宾客中，
　　　唯有我闷闷不乐！

那里没有一个人，不想避开
　　　我郁郁寡欢的面容；
那些深灰色的岩石，看过来，

问，"你在这儿干什么？"

而我无法回答；
　　　事实上，我不知道
为什么我用阴郁的眼睛
　　　去迎接这满天的光辉。

因此，歇息在石楠丛生的岸边，
　　　我将我的心交给自己，
我们一起悲伤地
　　　陷入一场白日梦境。

我们想，"当冬天再次来临，
　　　这些明快的东西会在哪里？
一切都消失，幻象般徒劳，
　　　一个不真实的愚弄！

"那些如今如此浑然不觉欢乐歌唱的鸟儿，
　　　穿越冷冻干燥的沙漠，
那消亡春天的可怜幽灵，
　　　在即将饿死的队列中，飞翔。

"我们为什么要高兴？
　　树叶还没有变绿，
它的叶片上已经显示
　　凋落的征兆！"

现在，无论它是否真的如此，
　　我一直不能肯定；
但为了迎合暴躁的悲哀，
　　我在荒原上直起身。

成千上万的微弱火光
　　似乎在空气中点燃；
成千上万的银色里尔琴
　　到处回响着：

我以为，我正呼吸的气息
　　充满神圣的火花，
我的所有石楠丛床榻都被
　　那天国的光辉环绕！

当那广阔大地的回声
　　朝他们陌生的吟游诗人响起时，

那些小小闪烁的灵魂歌唱着，
　　或似乎歌唱着，朝着我。

"噢，宿命！宿命！让它们死去；
　　由时间和眼泪去毁灭，
我们可以用全宇宙的喜悦
　　溢满天空！

"让悲伤扰乱那个受难者的心情，
　　而夜晚模糊他的道路；
他们催促他去往无尽的安息，
　　和永生的日子。

"对于你，这个世界像一个墓穴，
　　一个沙漠裸露的岸；
对于我们，在不可想象的繁盛中，
　　它越来越明亮！

"我们能掀起那面纱吗，并投出
　　迅速的一瞥到你眼中，
你会为那些活着的人感到欣喜，
　　因为他们活着是为了死去。"

那音乐中止；中午的白日梦，

　　像晚上的梦，撤回；

但是幻想，有时依然认为

　　她深情的创造是真实的。

　　　　　　　　1844 年 3 月 5 日

致想象

当厌倦了漫长日子的担忧，
　　　　和从一个痛苦到另一痛苦的尘世变化，
迷失，并感到绝望，
　　　　你善意的声音再次召唤我：
噢，我真正的朋友！我不是孤单一人，
当你用这样一种声调说话的时候！

外面的世界是那么无望；
　　　　我加倍珍惜内在的世界；
在你的世界，奸诈，仇恨，怀疑，
　　　　和冰冷的猜忌永远不会滋长；
在那儿你，我和自由，
拥有无可争议的主权。

对它作用的，那危险，
　　　　罪和黑暗谎言，环绕四周，
但如果在我们心胸的边界之内
　　　　我们守住一片明亮，没有烦恼的天空，
以确信没有严冬岁月的
太阳一万缕交织的光芒温暖着？

理性，确实会经常抱怨

　　为了大自然可悲的真相，

并告诉那颗受煎熬的心，多么空虚

　　它所珍视的梦想多么空虚；

而真相也许粗野地蹂躏践踏

新开的，幻想的花朵：

但你曾经在那里，带回

　　那个萦绕着的景象，呼吸着

那枯萎的春天之上的新的辉煌，

　　并从死亡中召回一个可爱的生命，

用神圣的声音，低语

和你一样明亮的真实世界。

我不相信你幽灵般的极乐天堂，

　　然而，在夜晚的安静时刻，

以无尽的感激，

　　我仍然欢迎你，仁慈的力量；

更肯定了人类关怀的慰藉，

更甜蜜了希望，当希望失望的时候！

　　　　　　　　　　1844 年 9 月 3 日

36

多么清澈，她照耀

多么清澈，她照耀！多么宁静
　　我躺在她的守护之光下；
天空和大地对我悄悄说，
　　　"明天醒来，但在今夜做梦。"
是的，幻想，来吧，我美妙的爱！
　　请在我悸动的鬓角温柔地亲吻；
并在我孤独的卧榻旁俯身
　　带我去休息，带给我庇佑。

这世界正在逝去；黑暗的世界，再见！
　　严酷的世界，隐藏你直到这天；
你不能完全征服的，这颗心
　　如果你耽搁了，还是要忍耐！

你的爱我决不会，不会和他人分享；
　　你的憎恨只会唤醒一个微笑；
你的悲伤可能会受伤——你的错误可能会哭泣，
　　但是你的谎言将永不会欺骗！

当凝视着在我之上闪耀的

　　　星星，在没有风暴的大海中，

我渴望着期待所有那些痛苦的

　　　生灵知道，被你紧紧掌控！

然后，这将是我今夜的梦；

　　　我会想象璀璨星球的天堂

正滚动在它光线的轨道上

　　　在无尽的极乐中，穿过无尽的岁月；

我想象，这之上不止一个世界，

　　　如这些全神贯注的眼睛所能看的那么远，

那里智慧会嘲笑爱情，

　　　或者美德拜倒在恶行脚下；

那里，在命运的重击之下扭动着，

　　　那个被碾轧的不幸的人强装微笑；

让他的耐心不逊于她的憎恶，

　　　他的心一直在背叛。

那里愉悦仍然将引导至错误，

　　　无助的理性徒劳地警告；

真相是软弱，而背叛是强大；

　　　欢乐是通往痛苦的必经之道；

和平，悲伤之冷漠；

　　希望，心灵之魅影；

生命，一个苦力，空虚而短暂；

　　死亡，全世界的暴君！

　　　　　　　　　1843 年 4 月 13 日

同情

你应没有什么绝望
　　每晚当星星闪亮的时候，
当夜徐徐降落它寂静的露珠
　　而阳光镀金清晨之时。
应没有绝望——虽然眼泪
　　会淌下像一条河流：
难道岁月中的挚爱
　　不时刻萦绕你心中？

他们哭泣——你哭泣——必定如此；
　　风儿叹息，当你叹息，
而冬天将他的哀伤撒落雪上
　　在秋天的树叶长眠之处；
但是他们复活了，而你的命运
　　不能从他们的命运中分离，
继续前行吧，不要太过兴奋，
　　更不要悲痛心碎！

1839 年 11 月 14 日

40

为我辩护

噢，你明亮的眼睛现在必须回答，
当理性以皱起的轻蔑的眉头，
嘲笑我的受辱！
噢，你的甜言蜜语必须为我辩护
并告知，为何我选择了你！

严厉的理性也来参与审判，
列出她所有的阴郁形式：
你愿意吗，我的辩护人，保持沉默？
不，光芒四射的天使，说吧讲吧，
为什么我要抛弃这个世界。

为什么我锲而不舍要避开
别人走的寻常道路，
在一条陌生的道路踏上旅途，
漫不经心，一视同仁，关于财富和权力——
关于荣誉之冠和享乐之花。

这些，曾经，真的好像很神圣；
然后它们，偶然，听见我的誓言，
看见我的献祭品在他们的圣殿上；
但，随意送出的礼物很少受珍视，
而我的也不出所料遭人鄙弃。

因此，我郑重发誓
不再寻求他们的祭坛之石；
让我的灵魂崇拜
你，永远存在的幻影之物；
我的奴隶，我的伙伴，我的国王。

一个奴隶，因为我依然统治你；
使你臣服于我多变的意志，
并令你的影响变好或变坏：
一个伙伴，因为日日夜夜
你是我私密的快乐——

我亲爱的痛苦，受伤，灼烧，
从泪水中榨出一点祝福
使我通过麻木自己而感觉漠然；
而一个国王，尽管极为谨慎

却教唆你的国民反抗。

我是不是错了，这样去敬奉，在那里
不能怀疑信仰，也不能期待绝望，
既然我自己的灵魂可以满足我的祈祷？
说吧，愿景之上帝，为我辩护，
说为什么我选择了你！

      1844 年 10 月 14 日

自我审问

"傍晚消逝得飞快,
　　快到休息时间了;
消逝的日子触发什么思绪,
　　你心中是什么感觉?

"那消逝的日子? 它留下
　　劳作几乎没有完成的感觉;
付出甚巨而收获甚微, ——
　　一种独自悲伤的感觉!

"时间站在死亡之门的前面,
　　严厉地训斥着;
而良心精神振奋,
　　把黑色的责难倾泻到我身上:

"尽管我说过良心在撒谎,
　　而时间应谴责命运;
悲伤的懊悔仍蒙住我的双眼,

令我向它们屈服！"

"那么，你乐于寻求安息？
　　乐于离开那海洋，
锚定所有你疲惫的痛苦
　　在平静的永恒之中？

"无怨无悔，看着你离去——
　　没有一个声音啜泣着'永别'，
而在哪儿你的心曾如此煎熬，
　　你还能渴望去栖居？"

"哎呀！那数不清的联系很强大
　　那将我们束缚在泥土上的联系；
那可爱的精神长存，
　　将不会消逝！

"长眠是甜蜜的，当戴桂冠的名誉
　　加冕于士兵的头盔；
但一颗勇敢的心，与一个失去光泽的名字一起，
　　将仍然去奋斗而不是休息。"

"好吧，你已奋斗多年，

　　奋斗了一生，

击败了谎言，践踏了恐惧；

　　还有什么可做？"

"确实如此，这臂膀曾激烈地抗争，

　　勇敢地做少有人敢做的事；

我曾做过许多事，慷慨给予，

　　但几乎没学会忍耐！"

"请看你行将长眠的坟墓，

　　你最后的和最强大的敌人；

如果安眠像是痛苦，

　　抑制哭泣则是一种忍耐。

"那场漫长的战争以失败告终，

　　平静地承受失败，

你午夜的安息也许依然甜蜜，

　　恍若光辉的黎明！"

　　　　　　1842 年 10 月 23 日—1843 年 2 月 6 日

46

死亡

死亡！当我最坦诚的时候被重击。
在我肯定欢乐的信念时——
再次遭重击，时光枯萎的树枝分岔
自永恒那新鲜的树根中！

树叶，在时光的树枝上，明亮地生长着，
充满汁液，沾满银色的露珠；
夜间鸟儿在它的庇护所下聚集；
白天野蜂都围着花丛飞舞。

悲伤经过，摘下金色的花朵；
内疚剥去它骄傲的叶子
但，在它双亲和蔼的怀中，
流淌着，为生命永远恢复的潮水。

我很少为逝去的喜悦，
为空了的雀巢和沉寂的歌而哀伤——
希望曾在那儿，笑着把我从悲伤中解脱出来；
低语着，"冬天不会太久！"

然后，看哪！以增添了十倍的赐福，
春天装点的枝丫美不胜收；
风，雨，虔诚的心，轻抚着，
在翌年五月尽情享受荣耀！

高高地它挺立——没有任何突如其来的悲伤能席卷它；
罪恶因惧怕而远离它的照耀；
爱和它自己的生命，有力量杜绝
所有的错误———一切疫病，除了你！

残酷的死亡！新生的树叶低垂着萎靡；
夜晚温和的空气会使之复原——
不！早晨的阳光嘲笑我的痛苦——
时光，对于我，必定永不再盛开！

砍倒它，其他的枝条将长得茂盛
在那棵枯萎幼树过去生长的地方；
这样，至少，它腐烂的残骸将滋养
从那里起源之物——永恒。

1845 年 4 月 10 日

48

"好吧，有人也许厌恶，有人也许不屑"

好吧，有人也许厌恶，有人也许不屑，

有人也许完全忘记你的名字；

但我悲伤的心必将永远哀悼

你被摧毁的希望，你被玷污的名誉！

这就是我的想法，一小时以前，

甚至正为那可怜虫的悲哀哭泣着；

一个词止住我喷涌而出的泪水，

让我眼中闪烁起冷嘲的目光。

那么"祝福这友好的尘埃，"我说，

"那藏着你无人哀悼的头颅！

徒劳如你，软弱如你，

这撒谎，傲慢，痛苦的奴隶，——

我的心和你的是零血缘；

你的灵魂对于我也毫无影响。"

但这些也是消逝无踪的想法；

不明智，不神圣，不真实：

我鄙视过那只羞怯的鹿吗，

因为他的四肢正疾驰飞逝带着惊恐？

或者，我会嘲笑那只狼的垂死嚎叫，

因为他的身形消瘦又污秽？

或者，快乐地去聆听那只小野兔的哭泣，

因为它不能勇敢地死去？

不！然后在他的记忆之上

让怜悯之心如此温柔；

说："大地，轻轻躺在那胸膛上

而仁慈的天堂，让灵魂安息！"

1839 年 11 月 14 日

名誉的殉道者

一轮圆月挂在冬天的夜空；
　　　星星清亮而稀疏；
每扇窗户都明亮地闪着光，
　　　与凝结了露珠的树叶一起。

甜蜜的月亮透过你的窗格闪耀
　　　照亮你的房间犹如白昼；
你经过那儿，在快乐的梦中，
　　　那些安详的时刻离去！

当我努力也几乎无法平息
　　　我胸中的极度痛苦，
徘徊于这寂静的居所，
　　　根本不想去休息。

阴暗大厅中古老的钟
　　　嘀嗒着，时时刻刻；
而每一次它的报时鸣音

似乎慢吞吞挥之不去：

噢，如此慢，慢得眼尖的星星
　　已追踪到那冷飕飕的灰！
什么，还要注视！早晨赖在
　　多么遥远的地方！

我站着，你的房门没关；
　　爱情，你仍在熟睡吗？
我冰冷的心，在我的手下
　　几乎停止了跳动。

凄凉地，凄凉地那东风呜咽叹息，
　　淹没了塔楼钟声，
那东风的悲伤音调，平淡无奇，消亡得
　　悄无声息，像我的永别！

明天，鄙视将摧残我的名字，
　　而憎恨将践踏我，
会让我背负懦夫的耻辱吗？
　　叛徒的伪证。

虚伪的朋友将发出他们隐秘的讥笑；

　　真正的朋友但愿我死去；

我将让你洒下平生

　　最苦涩的泪水。

我的种族中那些亡命之徒的劣迹

　　不久却像美德般照耀；

而人们将原谅它们的过失，

　　除了我的罪。

因为，谁会宽恕那卑怯背叛

　　被诅咒的罪行？

谋反，在它被选中的时间里，

　　也许会成为自由的捍卫者；

复仇也许玷污了一把正直的剑，

　　它也许只是去杀戮；

但，叛徒，叛徒，那个词

　　所有磊落的胸怀都会不屑一顾！

噢，我宁愿将我的心给予死亡，

　　为了维护我的光荣事业；

然而，我将不会放弃我内心的信念

　　以我的名誉起誓！

甚至放弃你宝贵的爱情，

　　亲爱的，我不敢欺骗你；

未来将证明这个背叛行为，

　　那时，只有那时，相信我！

我知道我该走的道路；

　　我无所畏惧地追随，

不去询问严厉的责任为我准备了

　　什么更深的痛苦。

因此敌人追逐，而冰冷的盟友

　　没有一人信任我：

就让我在别人眼中虚伪吧，

　　如果我对自己忠诚。

　　　　　　　　　　1844 年 11 月 21 日

"我不会为了你要离去而哭泣"

我不会为了你要离去而哭泣，
　　这儿一点也不可爱；
那黑暗世界将加倍令我悲戚，
　　当他们的心在那儿受伤。

我不会哭泣，因为夏天的光辉
　　必会终结在幽暗中；
而最幸福的故事的发展——
　　终局却是坟墓！

我厌倦了冬天孕育的
　　日益增长的极度痛苦；
厌倦看见那精神的枯萎
　　经过多年死一般的绝望后。

因此如果一滴泪珠，在你弥留之际，
　　碰巧从我脸上滑落，
这不过是我的灵魂正叹息，
　　要去和你安息在一起。

1840 年 5 月 4 日

我的安慰者

你说得很好，却没有传达出
　　一种陌生或新颖的感觉；
你只是唤醒一个潜在的想法，
一束阴云遮住的阳光，带来
　　开阔视野中的微光。

深入下去，在我的灵魂中隐藏，
　　那道光躲避着人们；
然而，微光并未熄灭——虽然阴影翻滚，
它温柔的光线不能控制，
　　在那阴沉的小屋里。

我能不恼火吗，在这些阴暗沮丧的道路中
　　孤独行走了这么久？
我的周围，不幸的人们正念着赞美，
或在他们无望的日子里嚎叫，
　　每个人都带着狂暴的语调；——

一个悲惨的兄弟会，

　　　他们的微笑悲伤得犹如叹息；

他们极度疯狂的日常使我疯狂，

扭曲着进入极度的痛苦

　　　极乐就在我眼前！

我这样站着，在天堂光辉灿烂的阳光里，

　　　以及地狱的怒视中；

我的灵魂饮下混合的回声，

关于六翼天使的歌，和恶魔的呻吟；

我的灵魂承受了什么，我独自在

　　　它自我之中的灵魂会说出！

像柔软的空气，在大海之上，

　　　被暴风雨的搅动所颠簸；

一阵暖风，安静地融化着

那些雪堆，在一些冬日的草地上；

不：哪会有甜蜜的东西与你等同，

　　　我体贴的安慰者？

然而一次稍长的交谈，

　　　便宽慰了这怨恨的情绪；

当这颗残暴的心变得温顺，

不必寻求别的标志表现，

且让我脸颊上的泪珠

　　表明我的感激！

                       1844 年 2 月 10 日

                                       58

老斯多葛派学者

财富我看得很轻；

　　爱情我笑着不屑；

名声的渴望不过是一个

　　与早晨一起消逝的梦：

如果我祈祷，那唯一

　　启动我嘴唇的祷文

是，"别扰乱我正承受压力的心，

　　给我自由！"

是的，因为我飞逝的时光已近终点，

　　"这就是我全部的恳求；

无论生死，一个无所羁绊的灵魂，

　　以勇气去忍受。

　　　　　　　　　　　1841 年 3 月 1 日

辑二　天堂的笑声唤醒早晨

"冰冷，清澈，湛蓝，清晨的天空"

冰冷，清澈，湛蓝，清晨的天空

在高处铺展它的穹顶

冰冷，清澈，湛蓝，维尔纳湖之水

倒映冬日的天空

月已落，但维纳斯[1]闪烁着

一颗安静银色的星

1836 年 7 月 12 日

---

1 维纳斯，亦有"金星"的意思。

"是晴天还是阴天？"

是晴天还是阴天？
它的黎明曾甜蜜地开启
但天堂也许会因雷霆而摇撼
在日落之前。

女士注视着阿波罗的旅程
如此，你的长子的行程将是——
如果他的光芒穿过夏日的雾气
静静地温暖大地的一切
她的日子将像一场愉快的梦，在甜蜜的宁静中度过

如果它变阴沉，如果一个阴影
熄灭他的光线，召唤雨水
花可以绽放，蓓蕾可以吐蕊
蓓蕾和花朵都是徒劳的
她的日子将像一个悲伤的故事，在忧虑、眼泪和痛苦中度过

如果那风清新又自由

广阔的天空清澈无云地湛蓝

树林，田野，金色的花朵

在阳光和露珠中闪烁

她的日子将在荣耀之光中度过，穿越这世界沉寂的荒漠

1836 年 7 月 12 日

"告诉我，告诉我，微笑的孩子"

告诉我，告诉我，微笑的孩子
过去对于你像什么？
一个秋天的夜晚柔软又温和
风儿轻声吟叹着悲歌

告诉我，现在对于你像什么？
一条花繁叶绿的树枝
一只幼鸟歇在那里积聚力量
一跃而起，飞离

未来又像什么，快乐的孩子？
一片晴空烈日下的大海
一片浩瀚壮丽耀眼眩目的大海
伸展至无垠。

"这鼓舞人心的振奋之声"

这鼓舞人心的振奋之声

这贞洁日子的光荣

这金光闪闪的辉煌在四周升起

又像尘世的欢乐消逝无踪

被那个美丽的女人抛弃了

她在他们中间步履轻盈，毫不在意

捂着她的额头，隐藏那

尽管强忍着，仍颤抖着要掉落的泪滴

她急匆匆穿过外厅

穿过昏暗的回廊，爬上楼梯

对着微风的呼唤低语

那夜风孤独的晚祷的赞美诗

"高处，欧石楠在狂风中飘摇"

高处，欧石楠在狂风中飘摇

午夜，月光，明亮闪烁的星星

黑暗和荣耀快乐地交融

大地抬升着到达天堂而天堂在下降

把人的灵魂从它的阴森地牢中释放

挣断枷锁，打破铁栏

一切之下，山坡上的野森林发出

强有力的声音朝向赋予生命的风

河水将它们的堤岸冲决荡平

鲁莽的激流迅疾穿过山谷，奔腾着

越来越宽，越来越深，它们的水域伸展着

身后，留下渺无人烟的荒漠

闪亮，下降，振奋，死去

从午夜到正午永远变幻着

咆哮着像霹雳，又像柔和的音乐轻叹着

阴影重叠阴影，前进着，飞翔着

闪电照亮深邃黑暗的挑衅

来得快去得也快

1836 年 12 月 13 日

"树林你不必对我皱眉"

树林你不必对我皱眉

幽灵般的树木如此哀伤寂寞

在阴沉的天空摇动你们的头颅

你不必如此怨恨地嘲弄人

"不要从大教堂的墙上开始"

不要从大教堂的墙上开始

阳光洒在圣洁的宁静中

虽然我的脚步孤单地落下

那些圣徒会庇护你们免受伤害

如果是夏日中午就不要蜷缩

这个影子该受欢迎才对

这段楼梯很陡但很快就到地面

我们要让自己安静地休息很久

尽管我们的道路铺在死人上面

他们依然香甜地酣睡在坟墓中

为什么凡人要害怕踏上

那条通往他们未来之家的道路?

"知更鸟，在黑暗中"

知更鸟，在黑暗中

在寒冷，阴云密布的灰蒙蒙的清晨

你的音乐狂野温柔

赶走怨愤的想法

———

我的心现在没有狂喜

我的双眼满是泪水

而我的眉头上持续的哀伤

是多年的积累

马上破灭的不是希望

那灵魂初期的风暴

而是漫长的孤独生活

希望破灭，刚起的念头被抑制

一如十一月荒凉的平静

———

什么唤醒了它？一个小孩

在他父亲村舍的门外走失

在月光温和孤独地

洒于荒漠沼泽上的时刻

———

我听见它然后你也听见它

而六翼天使让它甜蜜地对着你唱

然而却像痛苦的尖叫

那疯狂的音乐向我哀嚎

1837 年 2 月

"度过昨晚的几小时"

度过昨晚的几小时

大厅和走廊灯火辉煌

每盏灯的光华雨点般洒落

沐浴着爱慕者和被爱慕者

那些宾客无一是悲伤的

个个皆美丽，个个皆被爱

有的炫目得像太阳

闪耀撒落于夏日正午

有的甜蜜得犹如琥珀色的傍晚

生活在天堂深处

有的温柔，友善又欢快

早晨的脸庞都没有这般圣洁

有的就像狄安娜[1]的日子

午夜月光的神圣闪耀

---

1 狄安娜，罗马神话里月亮和狩猎的女神。

"月亮照耀着，在午夜——"

月亮照耀着，在午夜——

光辉的景象——光之梦！

圣洁如天堂——清澈纯净，

俯视着这片孤独的荒原——

而更孤独的仍然在她的光照下

那片阴郁的荒原伸展到遥远之地

直到它看上去陌生，任何事物都能置于

它银色天空的环绕之内——

明亮的月亮——亲爱的月亮！当岁月已逝

我疲惫的双脚终于回来了——

仍然在艾尔诺湖面上

你庄严的光芒宁静地照耀

与此同时蕨类植物的叶子叹息着起伏

如哀悼者伫立于艾尔伯墓前

和地球上的哀悼者一样，但是啊请看

时间怎样疯狂地改变我！

我还是那个很久以前

坐在水边看着

生命之光从他美丽的脸和

骄傲的额头上慢慢结束的人吗？

这些山脉常常感觉不到阳光的照射

在这样的一天——犹如渐渐暗淡的时刻，

铸造自它神圣金色的源泉

欧石楠平原上的最后微笑

亲吻着遥远的雪峰

那道地平线上的闪光照耀

犹如在夏季最暖的明亮中

严厉的冬季登上高耸的王座——

那儿他躺在盛放的鲜花间

他红色的血染上深沉的色调

战栗着去感受阴森森的黑暗

那是死神降临将他笼罩——

凄惨地想起一个小时后将

永别那甜蜜美妙的世界

想到这暮色渐渐浓重

对于他将永远不会消逝——

不——决不再！那可怕的念头

带来千百种阴暗的感觉，

而一切有关她魅力的记忆

涌现在他晕眩的脑际。

宽广，茂盛的树林似乎升起

于柔和，阳光充足的南方天空下——

老艾尔伯大堂他高贵的家

矗立林中，树叶翠绿

沙沙作响伴着那来自

夏日最宁静天空的微风

又迅猛穿过茂密的树荫

一道金色的阳光喷涌而出；

墙壁沐浴在琥珀色的光线中

清澈的河水闪闪发光

蜿蜒流去，映出明亮的天

那整个无云晴朗空气的宽广世界——

在他灵魂之眸前

如此著名的景象仍然将升起，飞翔

直到因失望与痛苦而疯狂

弥留之际他转过脸朝向我

失控哭喊，"噢多么希望

能再一次看见我的祖国！

只要一次——只求那么一天！

难道命中注定——这永远不可能了？

死去——在如此遥远的地方死去？

当生活几乎从未善待过我——

奥古斯塔 [1]——你将很快返回

回到那片强健和盛放中的大地

然后孤独的石楠将

在我被遗忘的墓地上哀悼

你会忘记这孤独的坟墓

和艾尔诺湖边的这具枯骨——

1837 年 3 月 6 日

---

1 奥古斯塔，《冈达尔诗篇》里的女主角。参见 116 页注释。

"风暴之夜已过去"

风暴之夜已过去
阳光明亮又清澈
将荣耀给予碧绿的荒野
微风也透着温暖。

而我将离开我的床
它那令人欢欣的微笑去看
去追逐那些源自我脑中的
其形式困扰着我的形象

在所有的幽暗时刻
我的灵魂被吸引开
我梦见站在大理石墓碑旁
那里葬着皇室的遗体

这正是傍晚时分
那时游荡的鬼魂可能来临
在它们被囚禁的尘土之上哀悼

并哀号它们的悲惨命运。

在我近旁
我看见一个真实的暗影
最昏暗然而它存在于那里
因为可怕的恐惧和更可怕的想象
我浑身冰冷

我喘不过气来
空气严寒刺骨
但我的双眼仍然以发疯的凝视
死死盯着它骇人的脸
而它也正盯着我

我跌倒在那块石头上
不能扭身离开
我的话音消逝于一阵趋于无声的呻吟中
当我开始祈祷的时候

它仍然俯身在上面
它的特征看得清楚
它似乎很靠近却又更遥远

像是无垠的蓝色云天里

那颗最遥远的星

确实它不是大地和时光

之中的间隔

而是永恒的死亡之海

是那宿命从未

到过的海湾

噢，不要再回到

那个恐怖时刻

当它的双唇张开

一个声音

唤醒四周的寂静

像梦一样微弱，却令大地萎缩

天堂的光线在它的力量下颤抖

　　　"悲痛，为雷吉娜骄傲的那天

雷吉娜的希望在坟墓中

谁能在我旁边统治我的土地

谁能救赎

"悲痛，为带着残酷眼泪的那天

我乡村的儿子们这一天将懊悔

悲痛，为那天一千年

都不能弥补一个人必须做的

"悲痛的日子混杂在风中

那悲伤的挽歌回荡着

它几欲令我心碎，聆听

如此阴沉的歌唱"

1837 年 6 月 10 日

"一个夏日我看见你，孩子"

一个夏日我看见你，孩子
突然停下你欢快的游戏
在绿色草地上低低地躺着
我听到你悲伤的叹息

我知道是什么引发悲叹
我知道那些泪水从何而来
你渴望命运揭开那昏黑的
即将来临岁月的面纱

那焦虑的祷告被听见而力量
给予了我，在安静的时刻
睁开一只婴儿之眼
那后世的入口

但尘世的孩子，芬芳的花朵
明亮湛蓝的天空，天鹅绒般的草坪
被奇怪地引导至树荫

你勇敢的脚步一定曾踏足过

我看着我的时光，夏日掠过
而秋天渐弱转瞬即逝
最后是凄凉的冬夜
天空笼罩着乌云

现在我到来，这个傍晚降临
没有狂风暴雨而是沉寂凄凉
一个声音丧钟般掠过你
驱逐快乐，迎接忧虑

一阵疾风令树叶抖颤
又沿那堵阴郁的墙呼啸
久久萦绕着挽歌之悲伤
为了这个幽灵的呼唤

他听到我，突然受到惊吓
浑身的血液顿时冰凉
他醒来，在昏暗的灯光下
那张脸看起来那么惨白

幼小的双手徒劳地

用力推开阴影中的恶魔

他的眉头上有一种恐怖

内心现在充满极度痛苦

他的双眼哀伤而恐惧

紧盯着缥缈的空气

在深长的叹息中沉重地爆发

他急促的呼吸被恐惧束缚

可怜的孩子，如果像我这般的灵魂

若为人类的痛楚哭泣

无数眼泪便会涌流不止

看见铺在面前的那条路

看见阳光消失

听惊涛骇浪咆哮

撞向荒凉的海岸

剥夺清晨的希望

埋葬力量和荣耀

但这是注定的而早晨的光线

必定塑造出夜之怒容

而童年之花必定在墓穴的阴影下

挥霍它的盛放

1837 年 7 月

"没有睡眠没有梦，这明媚的日子"

没有睡眠没有梦，这明媚的日子
怎么会永久持续
像你这样的幸福是用岁月换来的
充满痛苦和泪水的黑暗

远比安静的快乐更甜蜜
更纯净更高级，超越估量
然而遗憾地很快转向
进入绝望无尽的哀悼

我圣洁地爱你，孩子
你的面容充满了神性的光辉
亲爱的热诚的纯洁的孩子
太善良，对于这个世界战争般的野蛮而言
现在太神圣了但注定要
有像地狱般的悲惨的心

什么将会改变那天使的眉头

抑制精神的光辉焕发

无情的戒律不允许

下界有真正美德和真正快乐

不要责备我如果当煎熬

的恐惧萦绕你青春的头脑时

如果被罪恶和悲伤所折磨

你流浪的小船失事了，不见踪影

我也离开我也衰落

并令你的道路不再是我的

就这样人们的思想将转变

所有的命中注定都与罪和哀恸相似

然而一切用长久的凝视紧盯远方

崇拜着遥远星宿的美德

1837 年 7 月 26 日

"噢上帝！恐怖之梦"

噢上帝！恐怖之梦

那惊悚的梦现在结束了

那憔悴的心那迸发的忧伤

那毛骨悚然的夜那更毛骨悚然的晨

那阵阵的彻骨之痛

那热泪将源源不断涌出

那呻吟嘲笑每一滴眼泪

那爆发来自他们的寂寥内心

犹如每个喘息都在压榨生命

但生命却被绝望滋养着

那辗转反侧和那痛苦万分的思念

那磨碎的牙和瞪大的眼

那静默幽怨的痛苦不堪

当没有一丝希望的火花闪耀

来自阴郁命运的无情天空

那难抑的狂怒，那无用的退缩
来自那尚未能被忍受的思想之中
那灵魂永远在思索
直到大自然变得疯狂，折磨沉沦
最终拒绝哀悼——

现在都结束了——我自由了
海风正轻拂着我
波涛汹涌的大海吹来的狂风
我从未想过再看

祝福你，明亮的大海——壮丽的天穹
我的世界，我灵魂的家园
祝福你——祝福一切——我说不出
我的声音哽咽，不是因为哀伤
而是来自我憔悴脸颊的发咸的泪珠
犹如石楠丛生的旷野上的雨滴滑落

他们弄湿地牢地板多久了——
落在潮湿灰暗的薄层砂岩上
甚至在睡梦中，我也常常哭泣
那夜晚像白天一般糟糕透顶

我常常哭泣当冬天的雪

穿过铁栅栏猛烈地旋转

但随后是一种更平静的痛苦

因为一切都像我一样悲戚

最苦涩的时分，最坏的时候

是夏日的太阳光线

投射一种绿色光泽到墙上

让人不免想起更美的绿色原野

我经常坐在地上

向那生机勃勃的稀有景象凝望着

无视周围的黑暗

我的灵魂寻找一片宁静的土地

它寻找天堂拱门的神圣

纯净的蓝色天堂有着金色的云朵

它寻找你天父的家和我的家

当我想起年老的它

噢，即使现在太可怕

那涌动的感觉恢复
当我将脸埋在膝盖上
我努力使突然爆发的呻吟平息

我扑倒在石板地上
我嚎叫并撕扯我的乱发
然后，当一阵发泄过后
倒在说不出的绝望中

有时一句诅咒，有时一句祈祷
会在我口干舌燥的喉咙里颤动
但都没有发出一声嘀咕
便消失在它们源起的胸中

于是白天会在高空渐暗
而黑暗扑灭那孤独的光束
而沉睡将我的悲惨
铸成怪诞灵异的梦境
那些幽灵的恐惧让我知道
人类痛苦最坏的极致——

一切过去了，为什么要回忆

如此一个忧思和哀悼的过去？

甩掉枷锁，砸坏铁链

再次活着爱着微笑着

荒废的青春，糟蹋的岁月

在地牢的束缚中逝去

那折磨人的哀伤，那无望的泪水

忘掉它们——噢忘掉它们的一切——

1837 年 8 月 7 日

"那战斗的高潮已结束"

那战斗的高潮已结束

夜晚仍在降临

当天堂带着它黑夜的主人

壮丽地覆盖一切

死者满地躺卧

在石楠丛生的荒野和灰色大理石上

而临终他们的最后一瞥正保存于

这一天的落幕中

      * * *

大地和天空一片金光耀眼

夏日白昼渐短

多么壮丽——在大地和海洋之上

那散开的太阳光柱照耀

一个声音随风起伏

在明亮而欢快的森林中

* * *

未曾有雾气污染这无风的蓝天
未曾有乌云使太阳黯淡
从清晨最初的露珠开始
直到夏天的白昼消逝

一切都纯净，一切都明亮
傍晚的光束熄灭了
而它的离别之光更加纯净安宁
照耀在艾尔诺湖的潮汐中

风平浪静地躺着，寂静深深
潜入它的茫茫旷野
庄严又柔和，月光沉睡
在石楠丛生的荒野上

鹿儿正聚集拥靠着休憩
野羊寻找羊圈

* * *

只有几片明亮嫩绿的草叶

在阳光中透明地颤动

1837 年 8 月

"太阳已落，而现在长长的草儿"

太阳已落，而现在长长的草儿

寂寥地在晚风中起伏

野鸟从古老的灰色岩石上飞来

蹲伏着寻找一处温暖的角落

四周一片孤寂的风景中

我看不见光，听不到声

除了那遥远的风

从石楠丛生的旷野之海上叹息着吹来

"你宫廷府邸里的女士"

你宫廷府邸里的女士
一次，偶然看见我的脸
现在没有记忆能再次唤起
想想过去发生了什么

"最初悲哀沉思了一个钟头"

最初悲哀沉思了一个钟头

然后苦涩的眼泪涌出

然后沉闷的平静弥漫着

欢乐和忧虑都笼罩在致命的迷雾中

然后是一阵悸动，然后是一阵闪电

然后是来自上苍的一丝微风

然后一颗星在天堂亮起来

那颗星，光辉的爱之星

"风沉落，休憩于欧石楠中"

风沉落，休憩于欧石楠中
你狂野的声音不适合我
我宁愿忍受沉闷的天气
而完全没有你

太阳自夜的天堂落下
你开心的微笑没有赢得我
如果只能给予光
噢，给我辛西娅[1]的光芒

---

1 辛西娅，月亮女神。

"长久的忽视已侵蚀掉"

长久的忽视已侵蚀掉

甜蜜迷人微笑的一半

时间已把盛放的花朵变为灰白的

坟堆和潮湿污秽的脸

但那绺丝滑的头发

在画像中依然缠绕

告知那些特征是什么

在脑海中画出他们的形象

画下线条的手有多美

"最亲爱的,请永远视我为真实"

修长的手指迅捷滑过

当那支笔写下箴言

"天堂的笑声唤醒早晨"

天堂的笑声唤醒早晨

在金色夏日遗忘了绿色

歌声喷涌而出

去迎接那宁静的光

清新的风摇动簇拥的玫瑰

叹息着穿过敞开的窗户

在旁边的沙发上她倚靠休憩

那有着鸽子般无邪双眼的女士

鸽子一样的眼睛，闪亮的头发

天鹅绒般的脸，塑造得如此甜蜜

手那么柔软，白皙又美丽

在她雪白的胸上交叠着

       * * *

她姐妹和她兄弟的双脚

碰落散发香气的露珠

而她匆忙起身迎接

那些青草，鲜花和阳光

"我独自坐着，夏天"

我独自坐着，夏天
消逝在微笑的光线中
我看着它消逝，我看着它渐暗
自迷蒙的山岭和无风的林中空地

我灵魂中的思绪正奔腾
我的心屈从于他们的力量
我眼睛里的泪水正喷涌
因为我说不出那感觉
庄严的快乐偷偷围绕着我
在那神圣的没有烦恼的时刻

我问自己，噢，为何天堂
拒绝给我珍贵的礼物
这是给许多人的光荣的礼物
用诗歌去表达他们的心思

梦已将我团团围住，我说

从童年无忧无虑的阳光岁月起

幻象被热烈的想象滋养

自从生命处于它的黄金时期

但现在，当我想要歌唱

手指弹拨无调的琴弦

而那紧张的重负依然

不再抗争，这全是徒劳

　　　　　　　　　　1837 年 8 月

"艾尔伯勋爵，在艾尔伯山上"

艾尔伯勋爵，在艾尔伯山上
雾很浓，风很冷
你朋友从每天的黎明开始
就为你的离去而悲叹——

艾尔伯勋爵，你愉快的
脚步声将会让我多么快乐
那沙沙作响的石楠，只是现在
波浪如夜风吹过

你孤独的家中的火焰明亮
我看见远方，随着夜色加深
像星星一样在森林的高枝间闪烁
在庄园的安息中，它们亮得愈发愉悦——

噢亚历山大！当我回来，
温暖如壁炉，我的心将燃烧，
光明一如它们自身，我的脚将滑倒

如果我可以听见你在大厅中的声音——

但你如今是在一个荒凉的海面上——
离开了冈达尔也离开了我——
我所有的抱怨无望又徒劳，
死神绝不会屈服，让他的牺牲品再回来——

1837 年 8 月 19 日

"风琴奏鸣,小号吹响"

风琴奏鸣,小号吹响
胜利的灯火辉煌
而周围成千上万的人没有一个
向长眠于地下的人致敬

那些傲慢的眼睛本应充满泪水
清澈地没有阴翳地注视着
那些起伏的胸膛本应在悲恸的思绪中
颤动着哀伤,却解脱了

他的臣民和他的士兵在那儿
他们祈愿他快点升仙
却没有任何一声叹息是准备
到他的坟墓上发出

我看见战友们标记
一种激越情感的阴影
当你们的双脚踩踏
在他墓穴深处的黑暗上

1837 年 9 月 30 日

"一道可怕的光突然熄灭"

一道可怕的光突然熄灭

在城市摇摇欲坠的墙上

而彻夜雷鸣般的轰响

宣告我们的胜利——廷德若已攻克——

风悄悄停止了它的呼啸

那令人窒息的雪云滚滚而去

冷——多么冷！昏暗的月光微笑

在那些黑色的废墟瘫躺之处

终结了——所有战争的疯狂

爆炸的火焰，加农炮的咆哮

那哭喊，那呻吟，那狂乱的兴高采烈

那死亡的凶险不再令人惊恐

被洗劫的教堂里堆满尸体

困倦的战马不断嘶鸣

受伤的士兵躺下，气息奄奄

在没有屋顶的房间里溅满鲜血

经过疯狂的围攻，我不能入睡
我的心激烈地燃烧，跳动
外面的喧哗似乎缓解
而内心的暴风雨重重包围着我

但……不能忍受
而寂静刺激着痛楚的滋味
我感到绝望的洪流
再次注满我的胸膛

我的床安放在一个荒废的走廊上
窗外是大教堂庭院
那里寒冷的皑皑白色覆盖一切——
石头，坟墓，枯萎的草地

从破碎的玻璃窗，风吹进来
伴随着恍惚的呻吟
那声音有着难以形容的凄凉
令我恐惧蜷缩，更觉孤单

窗外正好有一棵黑色紫杉——
枝丫如此伤心，我想它们也许要哀号
他们幽灵般的枝条上沾着雪
碰擦着旧拱顶横梁，嘎嘎作响

我听着——这，那是生命
依然在垂死者心头苟延残喘
噢上帝，是什么令你恐惧颤抖？
是什么引发那痛苦万分的焦虑？

一个模糊可怕的梦
一个从前曾做过的梦
回忆，它折磨人的光线
一再从我头上掠过

一种可怕的感觉疯狂生长——
我匆忙跑下黑暗的橡木楼梯
来到那扇铰链脱落的门边
丝丝缕缕的月光洒得到处都是

我不假思索拔出门闩
一道冰冷的光辉吸引了我

从那广阔的天堂而来，每颗星星
闪耀着像一个消亡的回忆

那儿一座雄伟的大教堂矗立
虽然没戴冠冕，却极尽威严
它平静安详地俯瞰
它自己的教区内埋葬的悲痛

1837 年 10 月 14 日

"老教堂的尖塔和花园围墙"

老教堂的尖塔和花园围墙

随着秋雨变黑

而凄凉的风呼唤着不祥之兆

黑暗再次降临

我观察傍晚渐渐蚕食

那欢欣的辉煌的白昼

我观察越来越浓的夜色抹去

傍晚延伸的光线

而当我凝视惨淡的天空

悲伤在我心头涌起

1837 年 10 月

"安息之地还在远方"

安息之地还在远方
数千英里正绵延在
许多山峰的风暴之巅与
许多没有绿色的沙漠之间

旅者瘦弱又疲倦
毫无希望，了无慰藉
黑暗他的心，模糊他的眼
踉踉跄跄地晕厥，随时都会死去

他常常看着残忍的天空
他常常俯视沉闷的道路
他常常渴望躺下
放下生命令人厌倦的负担

但悲伤的人还是不要晕倒
一段又一段旅程被抛在身后
自从你开启这段阴暗的旅程
那就顺应天命继续艰难地行走

如果你仍然被绝望控制
且把它的私语在心头管束
你会到达最终的目的地
你将赢得安息之所

1837 年 10 月

"现在请信任这颗忠贞的心"

现在请信任这颗忠贞的心

坚定地道一声"再见"

请确信无论我走到哪里

我的心和你的心一起待在家里

除非地球上根本没有真相

而诚意十足的誓言毫无价值

对于他自己不幸的灵魂

凡间的人没有任何控制力

除非我改变每一个想法

和回忆，否则我将一无所有

而所有我拥有的美德将消亡

于遥远的冈达尔[1]的异国天空下

1　冈达尔，是艾米莉·勃朗特虚构的一个北太平洋岛国，她的诗主要
记在两个笔记本上，一本是《冈达尔诗篇》，一本是《洪恩斯菲尔德
手稿》。前者作为未完成的史诗描绘了冈达尔几大家族间错综复杂、
悲欢离合的动人故事。可惜史诗的散文部分现已不存，《冈达尔诗篇》
只是史诗的韵文部分，因此很难从《冈达尔诗篇》勾勒出完整流畅的
史诗情节，当然作为情感激越的抒情诗，这些诗歌足以成立，艾米莉·勃
朗特诗歌中涉及的有名有姓的人物，多半是《冈达尔诗篇》里的人物。

那山区农民热爱石楠丛生的荒野

甚于山下最肥沃的平原

他不会放弃任何一块原始的沼泽荒地

去换取所有那些友善的田野

比你的白眉毛更白

脸颊红得甚于我的眼睛所见

而闪电看上去来自球状圣灵

闪耀在我的道路上

但那纯净的光永远强烈

珍惜，注视，长久守护

那最初的爱，它的光辉所给予的

将是我去往坟墓的北极星

1837 年 11 月

"睡眠不能带给我任何快乐"

睡眠不能带给我任何快乐
回忆从未消亡
我的灵魂奉献给痛苦
并活在悲叹中

睡眠不能带给我任何休息
死者的鬼影幢幢
围绕着我的床
我睁开眼睛，也许永远看不见

睡眠不能带给我任何希望
在最深沉的睡眠中他们到来
并与他们凄苦的身影一起
加深了愁闷

睡眠不能带给我半点力气
没有任何力量可以恢复勇气
我只是航行在狂暴的海上

穿行于更黑暗的波涛

睡眠不能带给我任何朋友
去抚慰并有助于去忍受
他们全都那么轻蔑地旁观
而我更加绝望

睡眠不能带来任何希望
去修补我不堪烦扰的心
我仅有的愿望是
在死亡的睡眠中忘却

1837 年 11 月

"我坚强地站立，虽然我已承受"

我坚强地站立，虽然我已承受
愤怒、仇恨和苦涩的蔑视
我坚强地站立，笑着去看
人类如何与我交战

我蔑视统治的阴影
人的所有微不足道的方式
解放我的心，解放我的灵魂
召唤吧，我将追随你

虚伪又愚蠢的凡人知道
如果你无视这世界的鄙视
你卑劣的灵魂就比
虚荣至极的懦夫更可鄙

尘土之物——多么骄傲
你竟敢要我去做向导
我将成为谦卑的人
傲慢的人对于我什么也不是

"夜色在我周围渐渐暗下来"

夜色在我周围渐渐暗下来
狂野的风冷冷地吹着
但一句暴君的咒语束缚我
而我不能走

那些高耸的树弯下来
它们光秃的枝干重负着白雪
风暴正迅速降临
而我却不能走

在我头顶乌云层叠着乌云
脚下荒原层叠着荒原
但没有什么苍凉可以撼动我
我不能也不会走

———

在你最悲伤的时候，我到来
独自躺在那间变暗的房间中
当狂热日子的欢笑消失
快乐的微笑被驱逐

从傍晚冷飕飕的昏暗中

我将到来，当那心的真实感觉
完全没有偏见地摇摆时
你盗取我的影响
悲伤加深，欢乐凝固
带走你的灵魂

听，对于你
这正是可怕的时刻
你没有感觉到在你的灵魂之上
一阵奇怪感觉的洪流滚滚而来吗
一股更坚毅力量的预兆
我的使者

———

我将按下天堂的琴键
它诉说的都是幸福和你
我将唤醒那首迷人的歌曲
但它的歌词在我的舌上死去
于是我明白那神圣的乐章
再也不能欢快地演奏
于是我感到……

1837 年 11 月

致雪的冠冕

噢，天堂短暂的过客！
噢，冬日天空寂静的标记！
多么强的一阵逆风，你的航行已驶往
一个囚徒躺着的地牢？

我想那双手挡住了太阳
这哀伤的表情显得如此严厉
也许他们的反抗任务已完成
阻止了像你这么脆弱的东西

如果他们知道，他们会做这件事
那个你体内的护身符，
因为所有闪耀的阳光
从未对我如此和善！

许多个星期，许多天
我的心被低沉的阴郁压得沉重
当清晨在哀伤的灰霾中升起

微弱地照亮我的囚笼

但天使般，当我醒来，
你银色的身影如此柔和美丽，
闪耀着穿过黑暗，甜蜜地说起
多云的天空和光秃秃的群山

对于登山者而言，最可爱的
是那个毕生都爱雪的人
雪给她家乡高山顶峰戴上银冠，
比山下翠绿的平原更美——

而无声，无灵魂的使者
你的出现唤醒一种激动人心的音调
安慰我，当你在这里的时候
并将持续直到你离开

1837 年 12 月

朱利叶斯·安哥拉之歌 [1]

醒来！醒来！那暴风雨的清晨多吵闹
以生命的活力召唤休眠的国度；
起来，起来，这是哀鸣的声音吗
用如此狂野的声音破坏我们的睡眠？

哀鸣的声音？倾听它的鸣响；
那胜利的呼喊淹没痛苦的叹息；
每颗受伤的心都忘记它习惯的感觉，
每张褪色的脸都恢复它久违的光彩——

我们的心灵满是欢喜，上帝已赐予
胜利给我们的双臂，赐予死亡给我们的敌人；
深红色的军旗在天空飘扬
海绿色的队旗被践踏在尘土下面。

爱国者们，祖国的光荣是没有污点的

1　朱利叶斯·安哥拉，虚构的冈达尔王国的国王。

战士们，护卫这光明和自由的荣耀

让阿尔门多无论在和平还是战争中

这个高贵的名字永远标志着胜利！

"我死去，当坟墓埋葬"

我死去，当坟墓埋葬

这颗长久以来为你所钟爱的心

当尘世的关怀不再悲恸

当尘世的欢乐对我来说什么都不是

别哭泣，想想我已越过

横在你面前的阴森海洋

已安全抛锚，最终安息

那儿从来没有泪水和悲哀

我哀哭是因为将你留下

在这黑暗的海洋上凄凉地航行

伴着四周的风暴及面前的恐惧

并且没有仁慈的光指点迷津

尽管人生或长或短

没有任何东西达至永远

我们在下界分离，在天国相见

那儿幸福的岁月永不消亡

1837 年 9 月 30 日

"噢，母亲我不遗憾"

噢，母亲我不遗憾
离开下界这个悲惨世界
如果那儿除了忘却什么也没有
在那个我要前往的黑暗大地

尽管现在这是可怜的，在这儿
憔悴、受骗，疲惫，绝望
没有人能完全抑制住这种悲恸
当离开曾经爱过的一切

二十四年的短暂岁月已结束
日和夜都不再升起
再也不可能去做流浪者了
沿着田野，树林，海岸

再也不在清早破晓时分
去观察那些午夜的星星寂灭
去呼吸夏日清晨的气息

再也看不见它的阳光

我听见修道院的钟正敲响
这钟声听起来缥缈又凄凉
要不然那风正逆向吹来
将它的音乐从我耳边吹散

那风那冬夜正诉说着
不应有的念头和事物
母亲快来，我的心碎了
我承受不了这生离死别

而我必须去往那个不能返回之地
去安抚你的悲伤或平息你的忧虑
不，不要为痛苦的悲哀哭泣
那疯狂的绝望折磨我的灵魂

当我在那座老教堂墓地的石碑下
长眠，别告诉我
你会擦干泪水，抑制你的悲哀
随即忘记我的灵魂已远飏

你早就问过我伤心事是什么
令我的脸颊苍白，目光黯淡
而明天我们不应再哭泣
所以我将忏悔，在我死去之前

十年前的那个九月
费尔南多离开他的家和你
我想你肯定还记得
最后永别的痛苦

你知道我是多么疯狂地思念
我渴望再见他一面
穿过整个秋天，阴郁笼罩着
它狂风暴雨的日日夜夜

在艾瑞恩森林的边缘
有一块孤独又可爱的林中空地
在那里这两颗心共同滋养
他们第一次注定的分别

午后的阳光柔和
洒在每一棵蓬松、摇曳的树上

在我面前，绵延辽阔的公园之外
远远地伸展着无边无际的大海

当他离开时，我站在那里，
面如死灰，欲哭无泪
看着这艘轮船，它的远航
带走我的生命，希望，安宁和欢乐

到了夜间，我孤枕难眠
充满痛苦和忧伤的寂寞
我的灵魂依然盘旋在汹涌波涛之上
为永逝的爱情哀悼

但在回忆往事中也曾灿烂微笑
一个天堂般幸福的时刻回到我身边
那是收到他海外来信
向我倾诉爱情的忠贞

但再没有另一个可怜的期望了
春天冬天，收获的季节悄然逝去
而时间最终带来应对的力量
使我承受一度难熬的相思

而我会在夏日的傍晚寻找

我们最后永别的地方

在那里编织一连串幻象

我将流连直到晚钟敲响

1837 年 12 月 14 日

"你告别人世"

你告别人世，
在那天早晨撕裂般远离
被捆绑在永恒的幽暗里
被埋葬在无望的坟墓中

你双膝跪下
感谢那个放逐你的力量
枷锁，笼条，地牢的四壁
把你从更致命的束缚中拯救

感谢那令你离别的力量
在让你心碎分别之前
山泉疯狂奔腾
从它的蕨类植物和石楠的源头
多么无敌的轰鸣
它的水流是否已到达海滨

1838 年 2 月

134

"当多数人离去时我最开心"

当多数人离去时我最开心
我可以忍受我的灵魂离开它的黏土之家
大风夜，月光皎洁
而我的眼睛在光的世界里迷离

当我无人做伴
没有大地，没有海洋，没有无云的天空
只有灵魂疯狂地四处游荡
穿越无穷无尽的浩瀚

"深深地下到寂静的墓穴中"

深深地下到寂静的墓穴中

没有人在上面哀悼

———

在此，我跪在你的石碑前

我告别那些逝去的情感

我把我的眼泪和痛楚留给你

然后再冲回这个世界

———

噢，再来吧，是什么镣铐锁住

那曾经匆匆的脚步——

来吧，离开你黑暗、阴冷的居所

再来看我

———

它是不是与绿色的田野

吹动的花儿，发芽的树一起

与夏日天堂般的宁静一起

所以你不来看我？

不，这不是花的平原
不，这不是芬芳的空气
夏日天空将再次来临
但你已不在这里——

1838 年 3 月

"这庄园四周的风暴多么喧嚣！"

这庄园四周的风暴多么喧嚣！
从拱廊到拱廊，从门到门
廊柱，屋顶，大理石墙面
在它的咆哮中岩石如同摇篮

在鬼魂出没的井边，那棵榆树
拥抱不再重返的夏日天空
突然一阵狂风，大树轰然倒下
横卧在它所在的道路上

送葬的队列还没有走完
被风雪延误了如此之久
而他们将怎样再次到达那庄园
明天的曙光也许会指明

辑三　我扭头仰望天空

"睡在这里有什么用"

睡在这里有什么用：
虽然这颗心悲伤又疲惫？
睡在这里有什么用
虽然这日子变得黑暗又阴郁

太阳升高，雾霾消散
灵魂也会忘记它的悲伤
那落日玫瑰色的光辉
预示明天会更加晴朗

"噢，为什么你的光在傍晚如此悲伤？"

噢，为什么你的光在傍晚如此悲伤？
为什么太阳最后的光线如此寒冷
安静，而我们的微笑一如既往的愉悦
但你的心正变得苍老

现在它已结束，我知道它的全部
我将不再在心里隐藏它
但再次回来，那夜晚的记忆
想象可怕的幻觉终结

傍晚的太阳晴朗地照耀
从夏日的天空越过，落下
加深了暮色伸长的阴影
而星星在蓝色深处

在遥远山峰之上的石楠丛中
来自人类的眼睛和人类的关心
以体贴的心和含泪的眼
我悲伤地看着那肃穆的天空

"大教堂宽敞的走廊一片孤寂"

大教堂宽敞的走廊一片孤寂

潮水般的人群已销声匿迹

在那穹顶之下什么都没有

除了墓穴里冰冷的房客

噢，再看看在高处的

那些璀璨的燃烧的灯

再看看下界

成千上万的人仍在生活着，呼吸着

当死亡注视那座圣殿，一切都静默着

那些流彩之中的微光如此神圣

那里冈达尔的君主深深鞠躬

在寂静的无声祈祷之后

将他们可怕的誓约带进天堂的视野

而永不溃散的联盟在起誓

朱利叶斯国王抬起他不敬的目光

从黑色大理石移到天上

他伪善的灵魂吹嘘出那番誓言

脸色却纹丝不动

虽然燃烧的思想轻蔑地拒绝受人操控

却努力挤出短暂又苦楚的微笑

就像面对面站着的亲人

他的手虚伪地紧握杰拉尔德的手

1838 年 3 月

"噢，请不要阻拦耽搁我"

噢，请不要阻拦耽搁我

我的马白天已疲惫不堪

而他的胸膛仍须阻挡

那浪花泡沫到处四溅的潮水

几里之外我听见它们雷鸣般的咆哮

它们飞快地冲上海岸

比我的马更强壮的骏马也会恐惧

在水流湍急的河床上，和他们勇敢面对

旅人如是说，但没有用

那陌生人不肯走开

她依然紧攥着他马的缰绳

苦苦恳求他留下

"每一张脸上都阴云密布"

每一张脸上都阴云密布

四周笼罩着暴风雨和不祥的昏暗

无论在茅舍或殿堂，笑容都没有休憩之所

那里没有休憩之所——除非是在墓园

我们的心都是痛苦的宅邸

没有人笑，也没有人装作无忧无虑

我们的孩子们感觉到父辈的痛苦

我们的家完全被绝望的阴影遮蔽

并不是恐惧使大地如此悲伤

1838 年 5 月

"狂野而梦幻的竖琴喜欢曲解"

狂野而梦幻的竖琴喜欢曲解
当我拨动你的琴弦
为什么你再次复述
那久已遗忘的往事?

竖琴,在别的更早的日子里
我还可以对你歌唱
我所有的歌中没有一支
令我烦忧

但现在如果我重新弹奏
以前曾给予我快乐的音符
悲伤的声音却从你那飘来
永远那么悱恻

仍浸泡在记忆的染料中
他们继续航行
蒙蔽了我所有的夏日天空
挡住我的太阳

致亚历山德拉的歌 [1]

这是你的摇篮曲

激荡在暴风雨的海面上

虽然它在狂野的电闪雷鸣中咆哮

睡吧，我黑发的孩子沉静地睡吧

当我们剧烈振动的船经过

艾尔德诺湖，如此猛烈地颠簸着

然后，首先是我的保姆笑了

睡吧，我眉清目秀的孩子轻轻睡吧

波涛在你的摇篮上撞碎

泡沫像泪水挂在你的脸颊

然而海洋自身却变得温柔

在它的怀抱里，我的孩子已睡熟

1838 年 5 月

1　亚历山德拉，虚构的冈达尔王国里的人物奥古斯塔和朱利叶斯的
女儿。

"为什么我恨那孤独的绿色山谷？"

为什么我恨那孤独的绿色山谷？
深藏在旷野与山峰的荒凉中
那是我曾非常热爱的地方
当我在孩童时期看见它

那儿骨头正变得雪白，在夏日的炎热中
但不是因为那原因而恨，无人能说出
只有一个人洞悉那秘密
为什么我恨那孤独的绿色山谷

高尚的敌人，我原谅
你所有冰冷和轻蔑的骄傲
因为对于我，你是毫无价值的朋友
当我悲伤的心无人可以抚慰

而靠在你宽厚的臂膀上
一阵旧日时光的气息袭上心窝
大地散发着久违的魅力

唉，我忘了我已不是原来的我

一天——甚至一个小时过去之前
我的灵魂再次了解它自己
我看见金色的水蒸气飞散
留下我，像以前一样

1838 年 5 月 9 日

奥古斯塔致阿尔弗雷德 [1]

噢，别游荡这么远！

噢，爱情，原谅这自私的眼泪。

对你来说留下也许伤感

但我如何能在此孤独地活着？

那个寂静的五月清晨温暖而明亮

幼嫩的花朵看起来很新鲜，草是绿色的

而在绚烂光线的雾霭中

我们绵长低矮的丘陵几乎消隐了——

那片树林——他们的新叶子现在

甚至可以遮住乌鸫和斑鸠

高飞于如此湛蓝、宽广的天空中

一千种音乐的旋律涌动——

他用会说话的眼睛看着这一切

1　阿尔弗雷德，阿斯平城堡的主人，因爱上奥古斯塔被流放。

对我来说，这是多么深沉，多么凄凉的悲哀！
在他脸上有一片淡淡的红晕
不像我见惯的那种容光焕发。

可以死吗——是的，死亡，它是你自己的！
坟墓必定会把周围那些肢体储存
寂静，永远的寂静，我喜爱
这音调，甚于一切尘世的声音。

那么，与别的花朵一起凋谢
对于它们，对于你
那即将到来的时刻太黑暗，毫无生趣
但却是我所珍视的时光。

如果你在这个忧虑的世界里犯了罪
那不过是你凄凉凡体的尘埃——
你的灵魂是纯洁的，当它进入此地，
而纯洁的它将再次归于上帝——

1838 年 5 月 20 日

格伦伊登之梦 [1]

告诉我，看守，这是冬天吗？
我已沉睡了这么久？
我离开时那么可爱的树林，
已失去它们嫩绿的长袍？

是清晨在缓慢到来吗？
是夜晚不情愿地离去？
告诉我，那些阴郁的山峰是否
因飘动的雪花更阴郁静默了？

"囚徒，自从你看见那片森林
它所有的树叶已凋零
而又一个三月已在编织
花环给又一个五月——

"冰层封锁北冰洋的水，

---

1 格伦伊登，《冈达尔诗篇》里的人物。

温暖的南风又将它解冻
再次去往墨绿色的山谷
金色的花朵也许会欢迎你——"

看守，在这孤独的监狱里，
与欢乐和仁慈的空气隔绝
天堂，在幻象中降临
教会我的灵魂去做和承受——

现在是夜晚，一个冬日的夜晚；
我躺在地牢的地板上，
一切其他声音都安静下来——
一切，除了那条河流的喧响——

越过死亡和荒凉，
没有火光的壁炉和死气沉沉的家园
越过孤儿的心痛悲哀，
越过父辈们血迹斑斑的坟墓；

越过朋友们，我的臂膀再也
不能在爱中拥抱的朋友们——
我沉湎于回忆直到疯狂

仿佛将它的匕首[1]插入我的脑中——

胡言乱语之后是最熟的沉睡
然而，我想，我仍然担忧着
我仍然看见我的祖国在流血
因为一个暴君的意志而濒临灭亡——

不仅由于我的幸福被摧毁
内心在燃烧，那复仇之火——
不仅由于我离散的亲人
死于苦痛，或活在耻辱中

上帝知道，我愿意付出
自己最珍爱的东西
这牺牲可以换取
受难的冈达尔重获自由吗！

但在野心的竞标中
她珍爱的所有希望将落空；
她最高贵的儿子们将集结，

1　匕首，原文为法语。

反抗，战斗，最终徒劳落败——

棚屋与城堡，府邸与村舍，
没了屋顶，摇摇欲坠——
强有力的天堂，一个快乐的复仇者
终会找到你永恒的正义！

是的，那曾经刺一只受伤的鹿，
都会瑟瑟发抖的臂膀
如今我看着它，冷酷无情，
在鲜血中掐死暴君的爪牙——

灿烂之梦！我看见城市
在帝国的照耀中闪闪发光；
而在成千上万的崇拜者中
站着一位貌似圣者的人——

不必指出那高贵的受害者
现在他带着皇室的骄傲微笑！
现在他的凝视如闪电般明亮：
现在——那把刀就在他身旁！

哈，我看见死亡怎样变得黯淡——
黯淡那得意的眼睛！
他心脏红色的血浸透我的匕首；
我的耳朵啜饮他临终的呜咽！

黑暗降临！这个午夜意味着什么？
噢，我的上帝，我知道这一切！
知道这发烧的梦已终结；
未得雪耻的复仇者倒下！

1838 年 5 月 21 日

"现在我的亲人无人能分辨"

现在我的亲人无人能分辨

那曾经被喜爱的容貌

那些深棕色卷发，过去常用来装扮

小卷长发下的雪白前额

现在蓬乱地遮着我晒黑的脖颈

并顺着我的双肩披拂下来

那贵族出身的细腻红润的面容

已加深为吉卜赛人的满面红光

而忧虑扑灭欢乐的微笑

并将我的心扭转去迎接悲哀

然而你一定知道在襁褓中

许许多多双眼睛注视着我

甜美的声音在我的梦中歌唱

绸缎悬挂在我松软的卧榻上

当我哭泣，音乐来安抚

当我欢笑，他们全都回应我

而"玫瑰色的布兰奇"是众人皆知的小名

在门廊和凉亭里时常听到

在聚会的夏天仍被宠爱

宫廷花园中也颇受欢迎

君主亲手倾囊赐我

皇家最贵重的礼物

但乌云来得太快，它们来临

不是因为年纪也不是因为罪恶

布兰奇这名字如今已经被遗忘吗

真挚的心和没有被时光毁掉的容颜

这些珍贵的福佑依然属于我

1838 年 6 月

"黑暗的阴云密布的日子"

黑暗的阴云密布的日子

有时也会在夏天的炽热中降临

当天空不坠落，大地沉寂

群山更显青翠

1838 年 6 月

"孤独地坐在她窗前"

孤独地坐在她窗前
夜晚悄悄过去了
时断时续的风预示着飞逝
穿过一片灰蒙蒙的天空

"孤寂的田野中有两棵树"

孤寂的田野中有两棵树

他们向我低声念了一句咒语

一种阴郁的思想，在他们黑暗的枝叶间萌生，

全都肃穆地弯曲着

"那是什么烟，那些曾经静止的"

那是什么烟，那些曾经静止的

从深棕色的山岭上滚落

"一动不动，她看着那些铁块般的乌云"

一动不动，她看着那些铁块般的乌云
将会分开，然后阳光从中透射出来
但惨淡得怪异，苍白又冰冷

"离去，离去，我现在就辞别"

离去，离去，我现在就辞别
去追随那忧郁的场景和恐惧的思想，
在你的额头上，我追踪到那征兆
虽曾一度如此悲伤，最终还是欢迎

"它将不再照耀"

它将不再照耀
它悲伤的航程结束了
我看见那冰冷明亮的太阳的
最后一缕光辉消逝了

"仅有一人看见他死去"

仅有一人看见他死去
临终告别这渐逝的白昼
傍晚的风悲伤地呜咽
把他的灵魂从尘世间带走

"冰冷地，荒凉地，阴郁地"

冰冷地，荒凉地，阴郁地
在艾尔伯湖畔黄昏消逝
风在乌云密布的天空
叹息着哀悼直到永远

"艾尔伯的旧门厅现已孤独地破败"

艾尔伯的旧门厅现已孤独地破败

生命之音将永不再返回的房子

房舍荒芜没了屋顶，野草和藤蔓丛生

透过那些窗户的残破圆拱，午夜的风悲伤地哀鸣

逝者死去很久之后的家

道格拉斯的行程 [1]

好吧，围成一个小圈

停止管风琴庄重的声音

把灯熄灭，拨旺火焰

它摇曳的光高高升起；

卷起窗户的天鹅绒窗帘

我们听见夜风的哀号——

那狂风和涌动的钟声

混合在一首苦难岁月的歌曲中——

歌曲

是哪位骑手在哥白林峡谷

鞭策他飞奔的骏马，

以疯狂的速度奋勇向前

迅速远离人群

1　道格拉斯，《冈达尔诗篇》里的人物。

我看见他在岩石上留下蹄印
当他迅速离开平原
我听见深谷中，那回响的震撼
久久回荡。

从悬崖到悬崖，穿过岩石和荒野
那匹乌黑的骏马跳跃；
毫不理会脚下奔涌的河流，
也不理会它喧嚣的水声。

蓬乱的头发，裸露的额头
宽大的斗篷随风飘扬
娴熟的骑手犹如骑着鹰隼
翱翔盘旋：

山羊胆怯地惊叫着掠过
它们的领地如此轻易被占领：
它们停下来——它仍在高坡上飞奔
它们凝视着，但他已远飓。

噢，勇敢的马继续你的奔驰！
身后有人正沿路跟踪——

鞭策，骑手，鞭策，否则你的力气就白费
死亡正逼近，随着每一阵风。

轰隆的雷鸣在那片乌云中滚动？
洪流从那里奔腾？
或许微风唤醒那摇曳的树林
那簇拥着的黑暗的树林？

当最终越过河谷，他喘息不止；
他在那灰色岩石的坡顶休息。
你的战马怎么病了？在主人需要的时候，
现在你被证明没有忠心？

不，几乎无须检查，竖起耳朵，
那匹战马咯咯地撕咬他的缰绳，
颤抖的腿，大汗淋漓
再次像光一般熄灭。

聆听着穿越过去，轰隆一声
那越来越大的咆哮接踵而至！
但什么能勇敢抵挡住那深深的巨浪？
前方那条致命的道路？

他们的脚被更黑的
敢冒那可怕危险的潮水染了色——
他们挺过战斗最险恶的时刻
为什么来到此地却全身颤抖？

他们有坚强的心，健壮的臂膀
去征服或倒下
他们冲进滚滚的洪流，
他们攀上那岩石的峭壁——

"现在，我的勇士又一次穿过
这狭窄的石头峡谷
而道格拉斯——为了抵偿我们君主洒下的鲜血
将会屈服，把他拥有的领地还给我们——"

我听见他们的脚步声越来越近
声音穿越花岗岩峡谷，
头顶上有一棵高大的松树
由山民伐倒架在峡谷上

那令人眩晕的桥，没有马可以走过

断绝了不法之徒的路径；
像一头疯狂的野兽，他来回奔突
可怖地陷入绝境。

为什么他如此微笑，当他遥望
山下那场艰苦的追逐？
那棵粗重的树摇晃得厉害
从它所在的地方摇摇欲坠——

他们抬头仰望那片晴朗的天空
消失于突然的阴影中，
但道格拉斯不退缩也不逃走——
他不必躲避死者——

1838 年 7 月 11 日

"为那个拨动你异国琴弦的他"

为那个拨动你异国琴弦的人
我以为这颗心已不再挂念
那么你为何会带来这样的感受
我悲伤的灵魂，老吉他？

它犹如温暖的阳光
在幽深的峡谷里缠绵不去
当暴风雨和黑夜的乌云
将守护的星宿裹挟而去——

它犹如清澈闪亮的溪流
平静地倒映出垂柳的窈窕
虽然多年前伐木者的劈砍
把闪光的柳条零落在泥土中：

即使如此，吉他，你神奇的音调
催落眼泪，唤醒叹息
命令古老的洪流奔腾
尽管它的源头早已干涸！

1838 年 8 月 30 日

"在黑暗的地牢我不能歌唱"

在黑暗的地牢我不能歌唱
在悲伤的奴役下不再有笑容
什么鸟儿带着残破的翅膀翱翔
哪颗心脏流着血，同时快乐着

"傍晚的太阳正下沉"

傍晚的太阳正下沉

在低矮的绿色山岭和簇拥的树林之上

这是美丽而孤独的一幕

一如既往地感受那和缓微风

那风吹折那片草,当白天离去

给予波浪更明亮的蓝色

柔软洁白的云朵悠然飘动

像缥缈露珠的灵魂

整个清晨,那些盘旋在

它们滋养的蔚蓝色花朵之上的露珠

如今再次重返天堂

最初他们灿烂的光辉在那里照耀

1838 年 9 月 23 日

"秋叶坠落，残花飘零"

秋叶坠落，残花飘零
夜更长，日更短
每片叶子都对我说着保佑
在那棵秋天的树上晃动
我将笑对大雪纷飞
盛放在玫瑰生长的地方
当夜色散去，我将歌唱
引来的白昼更加惨淡

尤利乌斯·布伦萨达作的歌

杰拉尔丁，这月亮正闪耀

如此柔和，如此明亮的光线，

似乎它不是傍晚降临

而是迎来更晴朗的一天？

当那阵风只是在飒飒低语，

远处湖面上荡起波纹

让我们在这孤独的静默中

坐在古老的蒺藜下——

那条荒蛮的路，崎岖又阴郁；

四周的荒野一片荒芜；

我们休憩倦意的卧处更是简陋；

苔藓覆盖的石头和石楠丛生的地面——

但当冬天的暴风雨来临

在没有月亮的午夜天穹

我们是否听见暴风雨

围绕我们精神的家园猛烈嗥叫着？

不，那棵树，不少枝丫已吹折
在雪花飞卷中变得更白，
正如它对着天堂摇曳，
庇护树下幸福的心——

而在秋天的温暖返回时
我们的脚会忘记上路吗？
在辛西娅银色的清晨中，
杰拉尔丁，你会推迟出发吗？

1838 年 10 月 17 日

布伦萨达致杰拉尔丁之歌

我不知道这是一桩可怕的罪行
说出这个词，再会：
但这是唯一一次
我受冷落的心要请求。

这荒蛮的荒野边地，这冬日清晨，
这嶙峋又古老的树——
如果它们在你心中招来轻蔑
也将唤醒我内心同样的鄙夷。

如果你忘却了神圣的誓言
那不忠实的嘴唇编造的誓言——
我将忘却你忧郁的眼睛、眉头
和玫瑰般诱人的双唇

如果严厉的指令能驯服你的爱，
监狱四壁能抑制你的爱
我不愿为如此

虚伪、冷酷之物悲伤——

而那里还有心房贴紧我
以历经磨难的牢固关系；
而那里还有闪亮的明眸
久久温暖我，庇佑我：

那眼睛将造就我仅有的白昼，
将放任我的灵魂，获得自由
并驱赶那些愚蠢的想法
哀悼你的回忆！

1838 年 10 月 17 日

"你们都在哪里？你又在哪里？"

你们都在哪里？你又在哪里？
我看见一双明亮如同你的眼睛
但黑色的卷发飘动在他额头上
他坚毅的眼神，我感觉陌生

然而一种梦幻般的安慰
潜入我的心和焦虑的眼睛
战栗着，听见他的名字
我还是躬身仔细倾听

虽然以前从未听过他的声音
依然对我诉说着陈年往事
那似乎是一个重现的幻象
令我热泪盈眶

1838 年 10 月

"我稍停于门槛上，我扭头仰望天空"

我稍停于门槛上，我扭头仰望天空

我看见穹窿和四周深色的山峦

一轮明亮的满月，优雅地漂浮在茫茫太空

而风咕哝着经过，带着狂野怪异恐怖的声音

我折回黑暗监牢般的四壁中

汹涌的荒野上，一种神秘感升起

""'噢，跟着我'，这首歌这样唱"

"噢，跟着我"，这首歌这样唱

秋日天空中月亮皎洁

而你干着繁重的苦役已经太久

头痛，眼睛也酸涩又黯淡

费尔南多·德·萨马拉致奥古斯塔

点亮你的大厅！白昼将尽；

我忧郁孤独，又身处遥远异地——

寒风吹打我的胸膛，北风痛苦地呼啸

噢，我的住处在多雨的天空下无遮无拦！

点亮你的大厅——不要想起我；

那张脸现在缺席，你如此讨厌看见——

你的双眸明亮，光彩照人，

由于它们将永远，永远不再看见我！

沙漠般的荒原一片漆黑；天空中有疾风暴雨；

在我临终时，我低声道出我唯一的愿望，一句燃烧的祈祷——

一句虽拖延许久却终将说出的祈祷；

它点燃我的心，却把我的舌头冻结——

而现在，它必须在清晨日出前完成——

我将再也看不见太阳在另一侧天空升起。

仅剩一项任务——去看看你的肖像

然后我去证明，至少上帝是真实的！

现在我看不见你吗？你黑色的光彩照人的头发；
你光芒四射的眉宇，微笑起来如天堂般美丽！
你的眼神扭转移开——那双眼睛我再不会看见；
它们的忧郁，它们致命的光芒将不仅仅令我疯狂

那儿，去吧，骗子，去！我的手不断汗湿，
我心脏的鲜血流淌着赎买你的祝福——忘却！
噢，那颗失落的心可以找回，那就再次还给你
我心情极度灰暗时感受的痛苦的十分之一！

噢，要是我能见到你的眼皮在郁郁寡欢的痛苦中沉重耷拉着；
泪水盈眶不能隐藏，却强忍着没有流下；
噢，要是我知道你怀着同样悲痛的心灵，撕心裂肺
也许就能忍耐这厄运——也许就能承受这痛苦！

夜晚变得多么阴郁！冈达尔正狂风呼啸
我将再不能踏足那幽深的峡谷，大风几乎将它吹起——
我感觉风吹在我脸上——你咆哮呼啸去往何方？
我们在此做什么，漂泊者，如此远离家园？

我不需要你的气息使我死亡般冰冻的额头冷静

只要去往遥远之地,那里她正魅力四射;

告诉她我最新的祝福,告诉她我悲惨的劫数;

说吧,我的剧痛已过去,但她的却仍未到来——

徒劳的言语——徒劳,狂乱的念头! 没有人听见我的呼喊——

迷失于茫然的空气中,我发疯的诅咒坠落

要是她现在看见我,她的嘴角也许会微笑

笑得傲慢又漫不经心,同时又显得鄙夷和不屑!

然而即使她如此憎恶,每个临终的一瞥都表明

这最后的永别中,燃烧着一种更强烈的激情——

我的灵魂未被征服,暴君依然统治着我——

生命屈从于我的操控,但我不能杀死爱情!

1838 年 11 月 1 日

"当美丽的白昼装点着大地"

当美丽的白昼装点着大地
或暴风雨之夜突然降临
我的灵魂有多熟悉那条路
它应前往穿行

它搜寻着那个神圣之所
孩童年代的珍爱
每一段行程已全部遗忘
它的受难，它的眼泪

"就在那潭阴沉的水边"

就在那潭阴沉的水边
他站在清冷的月光下
想着那场大屠杀
他的心蒙上阴影

那声音轻柔地粉碎他的梦想
蹑手蹑脚穿过安静的空气
在那渡鸦尖厉鸣叫之前
他已经不经意地听见

一旦他的名字被甜蜜地念出
那回声随即消逝
但每次脉搏都伴随恐惧
当生命即将逝去无踪

"那阴惨的峡谷"

那阴惨的峡谷
被比山风更狂野的声音吞没了
战士们毛骨悚然的呐喊
远远落后于某种更难过的事物

那恐怖的呐喊渐趋平息
在夜晚灰蒙蒙降临前
但随着一天的终结，未终结的是
哽咽的啜泣，痛苦的呻吟

下到山谷，沉没于阴影
忧郁的石楠摇曳着神秘的暗影
一个疲惫的流血的士兵躺着
等待即将到来的死神

"噢梦想，你现在何方？"

噢梦想，你现在何方？

漫长的岁月逝去

自上次，从你天使般的眉宇间

我看见那光彩渐黯——

呜呼，对我来说

你是如此明媚美丽

我想不到对你的回忆

除了忧虑将一无所有！

那太阳的光芒，那风暴

那仲夏夜的神圣，

那寂静之夜的庄严冷峻，

那轮满月晴空万里的照耀。

曾经与你缠绵悱恻

但现在，带着疲倦的痛苦——

美景全失！我受够了——

你再也不会闪亮——

1838 年 11 月 5 日

"无风的喧嚣正咆哮"

无风的喧嚣正咆哮

    掠过黯淡的秋日天空

冷雨倾盆而下，到处湿透，

    宣告那是冬夜的暴风雨。

    一切都像阴郁的傍晚

    怨愤悲哀地叹息——

    开始是悲叹——但不久

    却变得甜蜜——甜蜜如此轻柔地到来！

    一首古老歌谣狂热的词——

    没有确定，也没有歌名——

"这是春天，云雀正歌唱。"

那些词语它们唤醒了一种魔力——

它们掘开一个深深的源泉，泉水喷涌

无论缺席或远离都不能平息。

在昏暗多云的十一月

它们奏出五月的歌——
它们点燃即将熄灭的余烬
熊熊燃烧永不衰颓

在我所有的可爱荒原上
风在它的光辉和骄傲中苏醒!
噢,召唤我,从山谷和高地
到那山间小溪旁散步!

第一场雪后小溪涨满;
岩石覆盖冰层,一片灰白
石楠丛生的地方水波黯淡
蕨类植物的叶子则明媚不再

高山上没有黄色星星,
蓝铃花早已枯萎消亡,
在铺满苔藓的泉水附近
在冬天的陡坡一侧——

但比风中起伏的玉米田可爱
在一片翠绿,猩红和金黄中
是那北风呼啸而过的坡地

还有峡谷，过去我曾在那漫游——

"这是早上；明晃晃的太阳灿烂普照。"
让我无比甜蜜地回忆起
那个时刻，劳作和梦想
都不曾打破那欢乐又自由的休憩

我们欢快起来，当黄昏的天穹
融化成一片琥珀色和蓝色——
当我们穿越沾满露珠的草地时
脚步敏捷得像插上翅膀。

那荒原，那荒原上的浅草
如天鹅绒般伏于我们的脚下！
那荒原，那荒原上的每一处高地都沐浴着
玫瑰色的阳光，映衬着清澈的天空！

那荒原上有红雀啁啾
它的歌声飘荡在古老的花岗岩石上——
那里那只荒野云雀
将自己的欢乐，注入每个人的胸膛。

什么语言可以言说这种感觉
的产生，当被流放远离自己的家乡，
跪在一座孤独山岭的山脊上
我看见那棵棕色的石楠在那儿生长。

它生得零落又矮小，告诉我
不久它甚至将很快消失
它低语着，"冷酷的石壁压迫我
但我曾绽放在去年的夏日阳光中"

但爱的音乐却不曾苏醒
使瑞士人的灵魂消逝
有一种魔力比残破的钟
更迷人，让人心碎——

灵魂屈从于它的力量
它多么渴望，燃烧着去挣得自由！
如果我在那时哭泣
那些眼泪就是我的天堂——

好吧，好吧，悲伤时刻是感人的
虽然载满麻烦与疼痛——

有朝一日爱者和被爱者

终将重逢在山峰上——

1838 年 11 月 11 日

"一小会儿，一小会儿"

一小会儿，一小会儿
喧闹人群被隔开；
我能歌唱，我能微笑
一小会儿于我已是假日！

我烦躁的心，你将去往何处？
许多王国现在邀请你；
那地方无论远近
都会让你，我疲惫的额头歇息——

贫瘠山地中有一个地方
冬天嗥叫，大雨倾盆
但如果阴沉的风暴寒冷
那儿会有一盏灯再次温暖你

那房屋老旧，树林光秃
弯向那没有月亮的朦胧天穹
但究竟是什么有这一半贵重——

如此渴望犹如家中的壁炉?

那只鸟儿坐在石头上，沉默无声
阴湿的苔藓从墙头滴着水，
花园的小径杂草疯长
我爱它们——我多么爱这一切!

我该去那儿吗? 或我寻找
另一种气候，另一片天空，
那熟悉的声调在说哪里的语言
用记忆中亲切的口音?

是的，当我深思，在这裸露的房间，
那摇曳的火光已熄灭
从了无生趣的暗处
我穿越到明亮，晴朗的日子——

一小段人迹稀少的绿色小巷
在一片开阔的公共地域敞开
一条遥远，迷离，淡蓝色的
山的链条到处盘绕着——

如此清澈的天空，如此平静的土地
如此甜蜜，如此柔软，如此缄默的空气
更加深了梦幻般的魅力，
荒原野山羊到处觅食——

那是我多么熟悉的场景
我熟悉四面八方的小路
那缠绕在每一个起伏山地上的小路
标示出漫游的鹿的踪迹

我可以逗留吗？只要一小时
它足以抵偿一周的辛劳
但现实驱散幻想的力量
我听见我的地牢门闩重又锁闭——

即使当我站着，狂喜的眼睛
深深地沉浸于高贵的至福
放风的时刻已悄然飞逝
把我带回疲惫的忧虑中——

1838 年 12 月 4 日

译后记

作为名著《呼啸山庄》的作者，艾米莉·勃朗特和她的姐姐夏洛蒂·勃朗特（《简·爱》作者）早已是家喻户晓的名字，可是作为重要英语诗人的艾米莉·勃朗特则异乎寻常地一直处于被遮蔽的状态。甚至于直到 2007 年，企鹅版《艾米莉·勃朗特诗全集》编者珍妮特·格萨里在其专著《最后的事情：艾米莉·勃朗特的诗歌》开篇就为艾米莉被埋没的诗名鸣不平："它们（指艾米莉诗歌）至今仍被忽略，人们尚未承认，这些诗是现代主义绝对的先驱，而且似乎也不打算这样做。它们也没有进入女性主义批评家的视野，尽管这些批评家已经为很多 19 世纪的女性诗歌恢复了名誉。"

我留意到艾米莉·勃朗特的诗歌要比格萨里专著的出版早几年。2003 年，我在《21 世纪经济报道》主办的《书城》杂志任编辑，主持访谈和原创栏目，当时耶鲁大学的孙康宜教授是《书城》的专栏作者。我了解到孙教授和美国著名学者哈罗德·布鲁姆是耶鲁大学同事，两人关系颇为亲近融洽，就请孙康宜教授为我们的访谈栏目给哈罗德·布鲁姆先生做一个专访。孙教授欣然答应，于是就有了刊发于《书城》2003 年 11 月号上的专访《什么是真正的大批评家？——布鲁姆访谈》。在这个访谈中，布鲁姆向中国读者郑重推荐了两位相对年轻的英语诗人——加拿大女诗人安妮·卡森（Anne Carson）和美国诗人亨利·科尔（Henri Cole）。

布鲁姆对安妮·卡森尤其推崇，说她是一位十分杰出的诗人，诗风强而有力，很奔放，很有独创性，"有几分近似 19 世纪诗人艾米莉·勃朗特和狄金森"。狄金森的诗歌我当时已经读过不少，并且非常喜欢，知道她是美国诗歌源头性人物，其重要性几乎和惠特曼不相上下，而布鲁姆居然将艾米莉·勃朗特的诗歌和狄金森的诗歌等量齐观，这立刻给我留下很深的印象，因为哈罗德·布鲁姆一向以眼光犀利、敏锐著称。我想也就是在那一刻，种下了我们后来翻译艾米莉·勃朗特诗歌的种子。

2019 年夏天，我和家人去英国旅行，在半个月的旅行期间，除了饱览英国秀丽的乡村景色和参观了伦敦几家藏品丰富的博物馆外，我们也逛了伦敦和牛津好几家很棒的书店。尽管行李已经不轻，我们还是购买了不少英文诗集，其中就包括我模模糊糊想着可能会翻译的《约翰·克莱尔诗选》《爱德华·托马斯诗选》和《艾米莉·勃朗特诗全集》，而我毫不犹豫买下《艾米莉·勃朗特诗全集》显然是因为布鲁姆多年前在访谈中对这位女诗人的高度评价。我和妻子梁嘉莹从 2015 年开始合作翻译诗歌，我们在挑选翻译对象时有一个明确标准——重要并且鲜有中译，之前我们翻译的马斯特斯、兰斯顿·休斯、赫列勃尼科夫和德尔莫尔·施瓦茨皆属此列。

当然想翻译的诗人总是更多些，下定决心去着手翻译某一位诗人还需要一些特别的机缘。2019 年 11 月，雅众文化出版公司方雨辰女士来广州，几个朋友相聚聊天时，我向她提起夏天在英国买的几本英文诗集，没想到她对艾米莉·勃朗特立刻流露出强烈的兴趣。于是在一众我有意翻译的诗人中，艾米莉·勃朗特的名字率先浮出水面，成为 2020 这个悲摧的年份，我们以忘我的翻译工作时时避开沮丧心绪的所在。

艾米莉·勃朗特短暂的一生平平无奇，她没有结过婚，没有恋爱过，甚至没有像狄金森生命中隐约出现的几个引发某种激情的男性友人。她也没有知己，除了家人，她唯一愿意交往和亲近的还是姐姐夏洛蒂的朋友艾伦。勃朗特三姐妹在父亲的影响下，都抱有一个共同的文学梦想，很可能在结束一天繁重的家务后，她们都会各自伏案疾书，但诗歌作为激情更内在隐蔽的一面，并不在她们彼此交流的范围之内。艾米莉和妹妹安妮走得更近一些，她们俩在年少时就共同创造了一个遥远的名为冈达尔的想象帝国，但对于艾米莉以冈达尔帝国人物面具写的那些激情洋溢的诗歌，安妮也所知甚少，她只在日记中提到过一次，说艾米莉在写作一些诗歌，而且想知道"它们究竟关于什么"。1845年秋天夏洛蒂偶然发现《冈达尔诗篇》笔记本，并且阅读了其中的一些，艾米莉因此感觉自己受到了侵犯，夏洛蒂后来写道："我花了数小时来平息她因我看了她的诗歌而产生的不快。"

这是一位对自己的生平细节极端缄默的作家，除了长篇小说《呼啸山庄》和193首诗歌，艾米莉留诸后世的其他文字极少。艾米莉曾经两度短暂离家，夏洛蒂和安妮也曾长时间与她分别，在这些时段艾米莉都写过信，可是仿佛是为了配合她留给世人的缄默形象，大部分信件都遗失了。艾米莉仅仅留给世人三封信，并且它们是"简洁的公民事务信件"，其中没有包含任何她自己的活动，更不必说与诗歌创作有关的活动了。1850年在给艾米莉诗选撰写的序言中，夏洛蒂说她妹妹艾米莉热爱荒野，"对她而言，石楠荒原上最幽暗处绽放的花朵，也要比玫瑰更加明艳。"而玛丽·罗宾逊撰写的《艾米莉·勃朗特传》中，也提到艾米莉对友谊很少有情感或本能上的反应，"艾米莉喜欢在霍沃思的家里做饭和熨衣，在沃特福尔写诗，带着狗在荒野步行数英里"。

　　和可能的友谊相比，艾米莉显然更愿意独自和她所处的霍沃思荒原对话，在她的诗中，"荒原""天空""乌云""雪""山岭""山谷"等都是出现频率很高的词语。而艾米莉敏感、矜持、桀骜不驯的个性也很自然地投射到她所热爱的大自然的意象中。那些自然意象并不是艾米莉的专利，但是很少有诗人赋予它们如此强劲的力度。夏洛蒂曾说过艾米莉的诗歌非同寻常，完全不同于一般女性写的诗歌。格萨里也猜测，很可能正是这些诗歌在力度方面男性化的倾向，使它们被20世纪那些急于为女性诗歌翻案的女性主义批评家们所忽略。在我看来艾米莉的诗歌恰好证明，最好的诗歌其实是一种中性的力量，它跨越性别的区分，在唯一的高处俯瞰普遍的人性。

20世纪初，里尔克在《马尔特手记》中提出著名论断："诗歌是经验。"自那以后，诗歌创作似乎深陷"泛经验主义"的泥潭，从自身经验、经历出发，似乎已成绝大多数诗人创作的不二法门——他们普遍认为从经验出发的创作是抵达杰作的必由之途。但是艾米莉早在19世纪中叶就以自己杰出的诗歌证明，想象力和激情才是诗歌创作的关键。哪怕和一个普通人相比，艾米莉的经验、经历都是匮乏的，但她完全凭自己的想象力创造了一个洋溢着生离死别激情的冈达尔帝国。在生活中，艾米莉没有实在的爱情经验，但被压抑的情感通过冈达尔帝国人物面具得以爆发，当她笔下的冈达尔女主角奥古斯塔向爱人阿尔弗雷德倾诉：

噢，别游荡这么远！

噢，爱情，原谅这自私的眼泪。

对你来说留下也许伤感

但我如何能在此孤独地活着？

那不也正是诗人艾米莉自己的心声吗？艾米莉深谙借他人之口道自己心中块垒的戏剧性创作手法，而她自己对于人生许多未竟的愿望和激情，也通过此渠道得以宣泄。尽管艾米莉去世后的一个世纪里，她的知音不多，但杰出的小说家弗吉尼亚·伍尔夫早已独具慧眼地认为艾米莉的诗歌要比《呼啸山庄》更能传诸久远，在一篇题为《〈简·爱〉和〈呼啸山庄〉》的评论文章中，伍尔夫对于艾米莉的激赏是溢于言表的："艾米莉的灵感来自某种更广阔的构思，促使她创作的动力并不是她自己所受到的痛苦，也不是她自己所受到的伤害。——它是一场搏斗，虽然遭受挫折，仍然信心百倍。"

　　而格萨里则进一步断定艾米莉的诗歌是现代主义绝对的先驱。如果说英语诗歌的现代主义运动，肇始于庞德、艾略特等诗人将诗歌的戏剧性片段予以有意识地拼贴的话，那么早于他们半个世纪，艾米莉在《冈达尔诗篇》里就已经这样做了。一个整天带着狗在荒原嬉戏、漫步的女人，以荒原为舞台，以天空为布景，以女人纤弱之手执千钧重笔，勾画了一个个有血有肉的人物形象。这是艾米莉创造的诗歌奇迹，也是诗歌本身所拥有的奇迹之一。

在这篇译后记的末尾，我想引用我特别喜欢的一首短诗，那正是艾米莉以美妙有力的语言描写她所热爱的荒野的诗篇：

高处，欧石楠在狂风中飘摇
午夜，月光，明亮闪烁的星星
黑暗和荣耀快乐地交融
大地抬升着到达天堂而天堂在下降
把人的灵魂从它的阴森地牢中释放
挣断枷锁，打破铁栏

一切之下，山坡上的野森林发出
强有力的声音朝向赋予生命的风
河水将它们的堤岸冲决荡平
鲁莽的激流迅疾穿过山谷，奔腾着
越来越宽，越来越深，它们的水域伸展着
身后，留下渺无人烟的荒漠

闪亮，下降，振奋，死去
从午夜到正午永远变幻着
咆哮着像霹雳，又像柔和的音乐轻叹着

阴影重叠阴影，前进着，飞翔着

闪电照亮深邃黑暗的挑衅

来得快去得也快

　　整首诗强劲有力，描画了在荒凉的广袤天地间，挣脱一切枷锁和束缚的人的形象，那自由不羁的精灵在我看来正是艾米莉内在灵魂的肖像。是的，艾米莉·勃朗特生命短暂，在这世上可谓"来得快去得也快"，但她却以不畏深邃黑暗的勇气，与席卷一切的罡风和洪水抗争着，并最终以自己杰出的诗篇战胜了时光永恒的侵蚀。

凌越

2021 年 2 月 16 日于广州

图书在版编目（CIP）数据

荒野呼啸：艾米莉·勃朗特诗选 /（英）艾米莉·勃朗特著；凌越，梁嘉莹译．—北京：北京联合出版公司，2021.7
ISBN 978-7-5596-5235-5

Ⅰ．①荒… Ⅱ．①艾… ②凌… ③梁… Ⅲ．①诗集—英国—近代 Ⅳ．① I561.24

中国版本图书馆 CIP 数据核字（2021）第 070366 号

荒野呼啸：艾米莉·勃朗特诗选

作　　者：［英］艾米莉·勃朗特
译　　者：凌　越　梁嘉莹
策 划 人：方雨辰
出 品 人：赵红仕
责任编辑：孙志文
特约编辑：王文洁
装帧设计：孙晓曦 pay2play.design

北京联合出版公司出版
（北京市西城区德外大街 83 号楼 9 层　　100088）
北京联合天畅文化传播公司发行
山东临沂新华印刷物流集团有限责任公司印刷　新华书店经销
字数 111 千字　860 毫米 × 1092 毫米　1/32　7 印张
2021 年 7 月第 1 版　2021 年 7 月第 1 次印刷
ISBN 978-7-5596-5235-5
定价：56.00 元
